우리가 정말 알아야 할 우리 고전

가려 뽑은
야담

우리가 정말 알아야 할 우리 고전 기획 위원

고운기 | 한양대학교 문화콘텐츠학과 교수
김현양 | 명지대학교 방목기초교육대학 교수
정환국 | 동국대학교 국어국문학과 교수
조현설 | 서울대학교 국어국문학과 교수

우리가 정말 알아야 할 우리 고전

가려 뽑은 야담

초판 1쇄 발행 | 2015년 8월 25일

글 | 신상필
펴낸이 | 조미현

편집주간 | 김현림
편집 | 김보은
디자인 | 디자인 나비

펴낸곳 | (주)현암사
등록 | 1951년 12월 24일 · 제10-126호
주소 | 121-839 서울시 마포구 동교로12안길 35
전화 | 365-5051 · 팩스 | 313-2729
전자우편 | editor@hyeonamsa.com
홈페이지 | www.hyeonamsa.com

글 ⓒ 신상필 2015
ISBN 978-89-323-1745-8 03810

우리가 정말 알아야 할 우리 고전

가려 뽑은
야담

글 신상필

현암사

우리 고전 읽기의 즐거움

문학 작품은 사회와 삶과 가치관을 총체적으로 담고 있는 문화의 창고이다. 때로는 이야기로, 때로는 노래로, 혹은 다른 형식으로 갖가지 삶의 모습과 다양한 가치를 전해 주며, 읽는 이에게 기쁨과 위안을 주는 것이 문학의 힘이다.

고전 문학 작품은 우선 시기적으로 오래된 작품을 말한다. 그러므로 낡은 이야기일 수 있다. 그러나 그 속에 담긴 가치와 의미는 결코 낡은 것이 아니다. 시대가 바뀌고 독자가 달라져도 고전이라는 이름으로 여전히 많은 사람에게 읽히는 작품 속에는 인간 삶의 본질을 꿰뚫는 근본적인 가치가 담겨 있다. 그것은 시대에 따라 퇴색되거나 민족이 다르다고 하여 외면될 수 있는 일시적이고 지역적인 것이 아니다. 시대와 민족의 벽을 넘어 사람이면 누구나 공감할 수 있는 보편적이고 세계적인 것이다. 그렇기 때문에 우리가 톨스토이나 셰익스피어 작품에서 감동을 받고, 심청전을 각색한 오페라가 미국 무대에서 갈채를 받을 수도 있다.

우리 고전은 당연히 우리 민족이 살아온 궤적을 담고 있다. 그 속에 우리의 지난 역사가 있고 생활이 있고 문화와 가치관이 있다. 타인에게 관대하고 자신에게 엄격한 공동체 의식, 선비 문화 속에 녹아 있던 자연 친화

의지, 강자에게 비굴하지 않고 고난에 굴복하지 않는 당당하고 끈질긴 생명력, 고달픈 삶을 해학으로 풀어내며, 서러운 약자에게는 아름다운 결말을 만들어 주는 넉넉함…….

사람과 사람, 사람과 자연의 '어울림'을 중요하게 생각했던 우리의 가치관은 생활 속에 그대로 녹아서 문학 작품에 표현되었다. 우리 고전 문학 작품에는 역사가 기록하지 않은 서민의 일상이 사실적으로 전개되며 우리의 토속 문화와 생활, 언어, 습속이 구체적으로 드러난다. 작품 속 인물들이 사는 방식, 그들이 구사하는 말, 그들의 생활 도구와 의식주 모든 것이 우리의 피 속에 지금도 녹아 흐르고 있음이 분명하지만 우리 의식에서는 이미 잊힌 것들이다.

그것은 분명 우리 것이되 우리에게 낯설다. 고전을 읽음으로써 우리는 일상에서 벗어나 그 낯선 세계를 체험하는 기쁨을 얻게 된다. 몰랐던 것을 새롭게 아는 것이 아니라 잊었던 것을 되찾는 신선함이다. 처음 가는 장소에서 언젠가 본 듯한 느낌을 받을 때의 그 어리둥절한 생소함, 바로 그 신선한 충동을 우리 고전 작품은 우리에게 안겨 준다. 거기에는 일상을 벗어났으되 나의 뿌리를 이탈하지 않았다는 안도감까지 함께 있다. 그것은 남의 나라 고전이 아닌 우리 고전에서만 받을 수 있는 선물이다.

우리 고전을 읽어야 한다는 데는 이미 많은 사람이 공감한다. 고전 읽기를 통해서 내가 한국인임을 자각하고, 한국인이 어떻게 살아왔으며, 어떻게 살아가야 할지 알게 하는 문화의 힘을 느낄 수 있다.

　하지만 고전은 지난 시대의 언어로 쓰인 까닭에 지금 우리가, 우리의 청소년이 읽으려면 지금의 언어로 고쳐 쓰는 작업이 반드시 선행되어야 한다. 우리가 쉽게 접하는 세계의 고전 작품도 그 나라 사람들이 시대마다 새롭게 고쳐 쓰는 작업을 거듭한 결과물이다. 우리는 그런 작업에서 많이 늦은 것이 사실이다. 이제라도 우리 고전을 새롭게 고쳐 쓰는 작업을 할 수 있는 것은 우리의 문화 역량이 여기에 이르렀다는 방증이다.

　현재 우리가 겪는 수많은 갈등과 문제를 극복할 해결의 실마리를 고전 속에서 찾을 수 있다고 확신하면서 우리 고전을 지금의 언어로 고쳐 쓰는 작업을 시작한다. 이 작업은 여기에서 멈추지 않고 앞으로도 시대에 맞추어 꾸준히 계속될 것이다. 또 고전을 읽는 데서 끝나지 않을 것이다. 우리 고전은 우리의 독자적 상상력의 원천으로서, 요즘 시대의 화두가 된 '문화 콘텐츠'의 발판이 되어 새로운 형식, 새로운 작품으로 끝없이 재생산되리라고 믿는다.

'우리가 정말 알아야 할 우리 고전'을 기획하면서 우리는 다음과 같은 몇 가지 원칙을 세웠다.

먼저 작품 선정에서 한글·한문 작품을 가리지 않고, 초·중·고 교과서에 수록된 작품을 우선하되 새롭게 발굴한 것, 지금의 우리에게도 의미 있고 재미있는 작품을 포함시키기로 하였다.

그와 함께 각 작품의 전공 학자들이 적극적으로 참여하여 판본 선정과 내용 고증에 최대한 정성을 쏟았다. 아울러 원전의 내용과 언어 감각을 훼손하지 않으면서도 글맛을 살리기 위해 여러 차례 윤문을 거쳤다.

경험은 지혜로운 스승이다. 지난 시간 속에는 수많은 경험이 농축된 거대한 지혜의 바다가 출렁이고 있다. 고전은 그 바다에 떠 있는 배라고 할 수 있다.

자, 이제 고전이라는 배를 타고 시간 여행을 떠나 보자. 우리의 여행은 과거에서 출발하여 앞으로 미래로 쉼 없이 흘러갈 것이며, 더 넓은 세계에서 더 많은 사람을 만나며 끝없이 또 다른 영역을 개척해 갈 것이다.

우리가 정말 알아야 할 우리 고전
기획 위원

차례

사랑 이야기

눈을 쓸며 맺은 인연

성종成宗 임금 때 어떤 이름난 재상이 관서*로 관찰사가 되어 나갔다. 관서 지방은 예부터 아름다운 지역으로 유명하여 강산에 깃든 누대*의 경치와 아름다운 여인들이 연주하는 피리며 거문고 등의 성대한 음악이 팔도에서 으뜸이었다. 풍류를 아는 호쾌한 선비나 관직을 가진 재주 있는 자제들이 즐겁게 한번 노니려고 왔다가 삼 년씩 머물다 가는 경우가 종종 있었다. 기녀의 이름을 적은 장부에는 자란紫鸞이라는 이름을 가진 어리고 예쁜 아이가 하나 있었는데, 옥통소*를 부는 선녀라는 뜻으로 옥소선玉簫仙이라 부르기도 하였다. 나이는 겨우 열두 살이었고 하늘이 내려 준 아름다운 자태는 세상에 맞설 사람이 없을 정도로 빼어났으며, 노래와 춤사위, 피리 불고 거문고 퉁기는 것도 섬세하고 오묘하였다. 게다가 재주와 식견이 남보다 뛰어나 한시漢詩도 지을 줄 알았기에 기녀 가운데 으뜸이라는 명성이 관서 지방에 이미 자자하였다.

당시 관찰사에게는 아들이 하나 있었는데 나이는 열두 살이었고 눈썹이며 눈동자는 그린 것 같았다. 어려서부터 경전과 역사에 능통하고 글 짓는 솜씨도 민첩하여 붓을 들면 바로 문장을 써 내려가니 세상에서 기특한 아이로 인정하였다. 관찰사에게는 다른 자녀 없이 단지 아들 하나인 데다 재주 또한 빼어났기에 각별한 애정을 쏟았다.

마침 관찰사의 생일을 맞아 아전들과 함께 추향당秋香堂에 연회를 마련하였다. 기녀들의 악기 연주가 크게 울려 퍼지고 잔치의 기쁨도 더해 가자 관찰사는 아들에게 일어나 춤을 추도록 하였다. 그리고 우두머리 기녀를 불러 어린 기녀 한 사람을 뽑아 함께 춤을 추도록 하여 즐거운 분위기를 돕게 하였다. 여러 기녀들과 감영●의 윗사람이나 아랫사람 모두가 꽃 같은 자태와 춤 솜씨를 지닌 자란만이 도련님과 걸맞을 것이라고들 하였다. 더구나 두 사람의 나이는 마침 동갑이기도 했다. 드디어 관찰사의 명으로 한 쌍의 절묘한 춤 동작이 어우러지는데 마치 가녀린 버드나무 가지가 살랑거리고 날렵한 제비가 훨훨 날아오르는 듯하였다. 자리에 앉아 구경하는 사람들은 모두가 감탄하며 그 기특하고 빼어난 모습을 칭찬하였다.

관찰사는 너무나도 기뻐 자란을 불러 상 앞에 앉혀 두고 맛난 음식을

관서關西 마천령의 서쪽 지방. 평안도 지역을 이르는 말이다.
누대 누각과 정자와 같이 높은 건물.
옥퉁소 옥으로 만든 퉁소. 퉁소는 본래 가는 대나무로 만든 목관 악기이며 세로로 내려 불고 앞면에 다섯 개의 구멍, 뒷면에 한 개의 구멍이 있다.
감영 조선 시대에, 관찰사가 직무를 보던 관아.

대접하고 비단까지 더하여 선물을 넉넉하게 내려 주었다. 그러고는 자란을 아들의 시중을 드는 기녀로 정하여 차를 내오거나 먹을 갈아 주는 일을 돕도록 하였다.

이때부터 자란은 항상 도령의 곁에 머물면서 함께 놀곤 하였다. 이렇게 몇 해가 지나 사내와 여인으로 자라 마침내 서로 가까운 사이가 되니 두 사람의 감정도 무르익어 떼어 놓을 수 없을 정도가 되었다. 마치 정생과 이와, 장랑과 앵앵●의 관계보다도 돈독하였다. 관찰사는 임기를 마쳤지만 조정에서 은혜로운 정사를 베풀었다 하여 재임하도록 하니 모두 6년이 지나서야 비로소 서울로 돌아가게 되었다. 서울로 돌아갈 날이 다가오자 관찰사와 부인은 아들과 자란이 서로 헤어지기 어려운 근심이 생기는 것은 아닐까 하고 걱정하였다. 자란을 버려두고 가자니 아들이 상사병●에 걸려 몸이 상할까 염려되었고, 함께 데리고 가자니 아직 아내를 맞지 않은 아들의 명성이나 품행에 방해가 될까 걱정이 되었다. 이러지도 저러지도 못한 채 결단을 내리지 못하다가 마침내 '이런 일은 마땅히 당사자에게 물어 결정해야 할 것이지'라고 생각하고는 아들을 불러 물어보았다.

"사내가 여인을 좋아하는 것을 아버지라고 자식에게 훈계할 수는 없으니 내가 막을 수 없는 일이다. 네가 자란이와의 정분이 이미 도타워 장차 헤어지기 어려울 듯하구나. 아직 장가든 것이 아닌지라 만일 지금 네가 그 애를 데려가 함께 지낸다면 혼삿길이 막힐까 걱정이구나. 하지만 생각해 보면 남자가 첩 하나를 두는 것도 세상에서 흔히 있는 일이니 네가 아끼고 사랑하여 정녕 잊을 수 없다면 비록 조금 곤란한 점이 있다 한들 마음 쓸 필요는 없으니 마땅히 네 생각대로 결정하거라. 너의 생각을 숨김없이 모두 말해 보아라."

아들은 즉시 대답하였다.

"아버님께서는 아들이 한갓 어린 기생과 헤어지기 어려울 것이라 여기신단 말입니까? 비록 제가 한때 아름다운 여인에게 눈길을 주어 한눈을 팔긴 하였습니다만 이제 그 애를 놓아두고 돌아가는 것을 해진 신짝 버리듯 할 터인데 어찌 그리워하며 잊지 못할 리가 있겠습니까? 바라옵건대 아버님께선 다시 염려하지 마소서."

관찰사는 부인과 함께 기뻐하며 말하였다.

"우리 애가 정말 장부답구려."

이별할 때가 되어 자란은 눈물 흘리며 오열하느라 차마 마주보지도 못하는데 도령은 간절하거나 그리워하는 기색도 없으니, 이를 본 감영의 아전이며 무관들 모두가 도령의 남다른 호탕함에 감탄하였다. 도령은 자란과 대여섯 해를 함께 지내면서 하루도 떨어져 본 적이 없어 세상에서 이별할 때의 상황을 몰랐기에 이처럼 명랑한 말을 하며 헤어짐을 가볍게 생각할 수 있었던 것이다.

관찰사는 이미 감사監司의 직분을 그만두고 새로이 대사헌大司憲 직책을 맡아 조정에 돌아가기로 되어 도령도 부모를 따라 서울로 돌아갔다. 시간이 지나면서 도령은 자란을 그리워하는 마음이 들었지만 감히 말

정생과 이와, 장랑과 앵앵 이 두 연인들은 중국 당나라의 소설에 나오는 남녀 주인공이다.
상사병 남자나 여자가 마음에 둔 사람을 몹시 그리워하는 데서 생기는 마음의 병.

을 꺼내거나 기색도 드러내지 않았다. 마침 감시*가 있어 부친은 도령에게 친구 몇 사람과 산에 있는 절에 가서 공부를 하도록 하였다.

어느 날 밤이었다. 친구들은 모두 잠이 들었는데 도령만 잠을 청하지 못하고 홀로 일어나 앞마당을 거닐고 있었다. 그때는 추운 겨울이라 내린 눈에 달빛이 쏟아져 사방이 온통 하얗게 빛났고, 깊은 산 고요한 밤이라 주위에서 들리는 소리라곤 없었다. 도령이 달을 바라보며 자란을 생각하고 있자니 마음이 처량하고 슬퍼져 그녀의 얼굴을 한 번만 보았으면 하는 생각을 멈출 수가 없어 이성을 잃고 날뛸 것만 같았다. 한밤중이 되자 도령은 드디어 절 앞마당에서 평양을 향해 바로 발걸음을 옮기기 시작하였다.

머리에는 모건*, 몸에는 남색 비단옷을 걸치고 가죽 신발을 신은 채 무작정 길을 나선 것이다. 십여 리도 못 가 발에 물집이 잡혀 더 이상 걸을 수 없어 어느 시골집에 들어가 가죽신을 짚신으로 바꾸고, 모건 대신 해져서 모자챙도 다 깨진 전립*을 얻어 머리에 얹었다. 길 가는 사람에게 먹을 것을 구걸하느라 항상 허기가 졌고, 여관에서 겨우 잠자리를 얻어 자느라 추위에 떨며 밤을 지새웠다. 도령은 부귀한 집안의 자제로 기름진 반찬에 비단옷으로 풍족하게 자라서 한 번도 문밖을 걸어나가 보지 않았었다. 그런데 갑자기 천 리 길을 가마도 없이 걷자니 비틀거려 넘어지며 기어가느라 앞으로 나가기 힘겨운 데다 굶주림과 추위까지 더했다. 게다가 온갖 고생을 겪어 옷은 해어져 너덜너덜하였고, 얼굴은 마르고 검은빛이 되어 거의 귀신의 몰골과 같았다.

이렇게 조금씩 걸음을 뗀 지 한 달 만에 드디어 평양에 이르게 되었다. 도령이 곧바로 기녀의 집으로 찾아가 보니 자란은 없고 그 어미만 홀로 있을 뿐이었다. 어미가 도령을 알아보지 못하자 도령이 말을 꺼내었다.

"내가 바로 전임 사또의 아들이오. 자네 딸을 잊을 수 없어 천 리 길을 걸어왔다네. 자란이는 어디 가고 없는 게요?"

기녀의 어미가 그 말을 듣고 불쾌한 듯 대답하였다.

"내 딸은 신임 사또의 자제분이 총애하셔서 밤낮으로 산속 정자에서 함께 지내며 잠시도 나가는 걸 허락지 않는다우. 집에 들르지 않은 지도 지금 벌써 몇 달이 되었다오. 도련님께서 비록 멀리서 오셨다지만 만나 볼 길이 없으니 참으로 안됐구려."

그러고는 한참이 지나도 맞아들일 기미가 없는 듯하니 도령은 이런 생각을 하였다.

'자란이 때문에 왔는데 자란이는 이미 볼 수 없게 되었고, 그 어미도 이처럼 야박하게 대하니 어디 묵을 곳도 없이 진퇴유곡*이로구나.'

이렇게 주저하고 있던 차에 부친이 감영에 계실 적에 하급 아전 가운데 아무개가 큰 죄를 저지르고 사형을 앞둔 상황에서, 도령이 그를 불쌍히 여겨 아버지를 모실 때마다 풀어 주도록 주선하자 결국 아들의 말에 따라 그의 목숨을 살려 주었던 일이 문득 떠올랐다.

감시監試 진사나 생원을 뽑는 과거 시험.
모건毛巾 털모자.
전립氈笠 조선 시대에, 무관이나 사대부가 쓰던, 돼지 털을 깔아 덮은 모자.
진퇴유곡進退維谷 이러지도 저러지도 못하고 꼼짝할 수 없는 상태.

'내가 이 아전의 목숨을 구해 준 은혜가 있으니 그를 찾아가 본다면 며칠간은 잘 대해 주겠지?'

마침내 기녀의 집을 나서 아전의 집으로 찾아갔다. 아전도 처음에는 알아보질 못하다가 도령이 자신의 이름을 알려 주자 매우 놀라면서 절을 올리더니, 곧 안방을 치워 도령을 모시고는 밥이며 반찬을 한껏 차려 내오는 것이었다.

며칠을 지내다가 도령은 아전과 함께 자란을 만나 볼 방법을 의논하였다. 아전이 한참을 있다가 입을 열었다.

"두 사람이 조용히 만나기란 참으로 길이 없습니다요. 만일 한 번이나마 얼굴이라도 보고자 하신다면 쇤네가 계책을 하나 아뢸까 하는데 도련님께서 정녕 따라 주실지 모르겠습니다."

도령이 그 방법을 다그쳐 묻자 아전이 입을 떼었다.

"지금은 눈이 내리고 난 뒤라 감영 안의 눈을 쓸고 치우는 일을 으레 성안 고을에 사는 백성들에게 나누어 맡기는데 마침 쇤네가 이 일을 책임지고 있습지요. 이번에 도련님께서 일꾼들 틈에 끼어 빗자루를 들고 산속 정자에서 눈을 쓸면 아마도 자란의 얼굴을 볼 수 있으실 것입니다. 그렇지 않으면 달리 방도가 없습니다."

도령은 그의 꾀를 따라 이른 아침 여러 일꾼들과 산속 정자가 있는 곳으로 들어가 앞마당에서 빗자루로 눈을 쓸게 되었다. 새로 부임한 관찰사의 아들은 창문을 열어 놓고 문턱에 앉아 있었고 자란은 방에 있어 보이지 않았다. 다른 일꾼은 모두가 장정들이라 눈을 쓰는 일도 매우 힘찼지만 도령은 빗자루를 다루는 것조차 서툴러 다른 사람만 못하였다.

관찰사의 아들이 그 꼴을 보고 웃으며 바로 자란을 불러 그 하는 모양을 보라고 하였다. 자란이 부름을 받고 방에서 나와 처마 아래로 나섰다. 도령이 전립을 눌러쓰고 앞으로 지나가며 올려다보았는데 자란은 한참을 눈여겨보더니 곧장 방 안으로 들어가 문을 닫아걸고는 다시는 나오지 않았다. 도령은 정신이 멍해져 서글픈 마음으로 아전의 집에 돌아갔다.

자란은 원체 명석하고 지혜로운 사람이었기에 한눈에 그가 도령임을 알아보았다. 말없이 앉아서 눈물만 떨구자 관찰사의 아들이 이를 보고 괴이쩍게 여기며 물어보았다. 자란이 처음엔 말하지 않다가 두세 번을 물으니 그제야 비로소 말을 꺼냈다.

"저는 기녀의 천한 신분으로 낭군의 지나친 사랑을 받아 밤이면 비단 이불을 함께 하고, 낮에는 비단옷과 맛난 음식도 마련해 주셨습니다. 제가 집으로 돌아가지 못하게 하신 지도 이미 몇 달이 되었습니다. 기녀로서 영광과 행운을 다하였으니 제가 어찌 한 터럭*이나마 원망하는 마음을 갖겠습니까? 다만 저희 집은 가난한 데다 어미도 나이가 많아 아버님의 제삿날이면 제가 이웃에게 빌리거나 구걸해서 몇 그릇의 제사 음식이나마 마련하였답니다. 헌데 지금은 여기에 꼼짝없이 머물러 있는 채로 내일이 마침 아버님 제삿날이랍니다. 나이 든 어미만 홀로 계시니 한 그릇 밥도 없어 제사를 지내지 못할 것이 분명하기에 문득 이를 생각다가 절로 슬퍼져 눈물이 났습니다. 달리 무슨 까닭이 있어서

터럭 사람이나 길짐승의 몸에 난 길고 굵은 털. 아주 작거나 사소한 것을 비유적으로 이르는 말.

그러는 것이 아닙니다.”

관찰사의 아들은 사랑에 흠뻑 빠진 지 이미 오래라 자란의 말을 믿어 의심치 않았고 가엾고 불쌍한 마음이 들어 이렇게 말하였다.

“참으로 그러하였구나! 어째서 일찍 말하지 않았더냐?”

곧바로 제사 용품을 성대히 갖춰 자란에게 주면서 집에서 제사를 지내고 오도록 하였다. 자란은 거꾸러져 넘어질듯 집으로 돌아가 어미에게 물었다.

“제가 알기로 전 사또의 자제이신 아무개 도련님이 오셨다지요. 필시 우리 집에 계시리라 여겼건만 지금 여기 아니 계시니 어디로 가신 건가요?”

“아무개 도령이 과연 너를 보려고 맨걸음으로 와서 며칠 전에 집에 들렀더구나. 하지만 너는 진작 감영에 들어가 서로 만날 기회가 없기에 내가 그리 말했더니 곧장 떠나더라. 난 어디로 갔는지 모른다.”

자란이 목 놓아 울면서 어미를 나무랐다.

“이는 사람의 도리로 차마 할 일이 아니거늘 어머니는 어찌 그리하셨단 말입니까? 저는 도련님과 같은 해 태어나 열두 살이 되어 사또님 생일잔치에서 춤을 올리던 날에 온 감영 사람들의 추천으로 도련님과 짝이 되었습니다. 이를 두고 사람들이 도운 덕이라 말하지만 사실은 하늘이 맺어준 짝이니 이것이 제가 도련님을 저버릴 수 없는 첫 번째 이유입니다.

그날부터 하루도 곁을 떠나지 않다가 장성하면서 애틋한 마음이 생겨 서로를 아끼는 정과 서로를 이해하는 즐거움은 예나 지금이나 절대 비길 만한 경우가 없습니다. 도련님이 저를 잊을지라도 저는 죽어도 잊을 수 없으니 이것이 제가 저버릴 수 없는 두 번째 이유입니다.

전임 사또께서는 저를 사랑하는 자식의 짝이라 여기시어 미천하다는 이유로 거리를 두지 않으셨습니다. 매우 가련하게 여기시고, 내려 주시는 물건도 넉넉하여 하늘과 같은 은덕이 세상에 드물었으니 이것이 제가 저버릴 수 없는 세 번째 이유입니다.

평양 땅은 큰길에 당해 있어 사대부며 귀인들이 베틀에서 천을 짜는 북처럼 바삐 왕래하니 제가 지금껏 지켜본 사람들이 많답니다. 하지만 빼어난 도량이나 인품, 민첩하고 넉넉한 재능도 도련님 같은 분이 없지요. 제가 평소 등나무나 칡넝쿨같이 그분에게 의지하기로 마음을 먹었으니 이것이 제가 저버릴 수 없는 네 번째 이유입니다.

도련님이 저를 버리시더라도 저는 그럴 수 없습니다. 저는 염치도 모르는 사람이라 죽음으로 정절을 지키지 못한 채 지금은 위세를 떨치는 새 도련님에게 다시금 아양을 부리고 있거늘, 품행이 바르지 못한 미천한 사람이라 여기지 않고 천 리 길도 마다하지 않으셨으니 이것이 제가 저버릴 수 없는 다섯 번째 이유입니다.

이뿐만이 아닙니다. 도련님이 얼마나 귀한 분이십니까. 천한 저를 위해 고꾸라지고 넘어지는 낭패를 당하며 오셨건만 어떻게 차마 소홀히 할 수 있겠습니까? 내가 없었더라도 어머니는 우리를 돌보시던 정성과 베풀어 주신 은혜는 생각지도 않고 어찌해서 한 그릇 밥이라도 차려 머무르게 하지 않았단 말이에요? 이건 사람의 도리로는 차마 할 수 없는 일이거늘 어머니는 그리 대하셨으니 제가 어떻게 마음 아파하지 않을 수 있겠어요?"

이렇게 한참을 울부짖다가, 이윽고 가만히 생각한 끝에 입을 열었다.

"평양성 안에 도련님이 머무실 곳이라고는 없을 테니 필시 아무개 아전 집에 계실 거야."

자란이 곧바로 일어나 아전의 집으로 달려가 보니 도령은 과연 그곳에 있었다. 두 사람은 서로 끌어안고 눈물을 흘릴 뿐 한마디도 나눌 수 없었다. 그러다가 자란은 도령을 자신의 집으로 모시고 와 술과 안주를 정성껏 차려 드렸다. 밤이 되자 자란이 도령에게 말하였다.

"내일이면 다시 만나 보기 어려울 것이니 어찌하면 좋을까요?"

두 사람은 드디어 몰래 도망가기로 계획했다. 자란은 자신의 옷상자에서 수를 놓은 비단옷을 꺼내더니 옷 속의 솜을 빼어 무게를 줄였고, 금과 옥구슬로 장식한 비녀와 노리개처럼 가벼운 장신구를 꺼내 두 개의 보자기에 나누어 쌌다. 밤이 깊어 어미가 한창 잠든 틈을 타 두 사람은 짐을 지거나 머리에 이고 몰래 달아났다. 그리하여 양덕과 맹산 지역의 깊은 두메산골을 찾아 들어가 시골 사람의 집에 몸을 맡겼다.

처음에는 그 집에서 품팔이를 했는데 도령은 아랫사람들이 하는 일에 서툴러 자란이 베를 짜고 바느질을 하여 입에 풀칠을 해 나갔다. 얼마 지나지 않아 마을에서 몇 칸 초가집을 얻어 거처할 수 있었다. 자란이 옷감 짜는 일에 힘쓰며 밤낮으로 게으름을 부리지 않은 데다 집을 떠날 때 가져왔던 옷가지며 비녀와 노리개 등을 가끔씩 팔아 생활에 보태니 먹을거리와 입을 것이 모자라거나 끊길 정도는 아니었다. 게다가 자란이 이웃 사람들과 잘 지내며 인정도 얻어 곤궁하게 새살림을 차린 모습을 본 이웃들이 불쌍히 여겨 도와주자 마침내 편안히 생활하게 되었다.

한편 산사에서 함께 공부하던 도령의 친구들은 아침에 깨어나 모두들 놀라 곧장 스님들과 함께 주변의 산을 구석구석 찾았지만 끝내 도령을 찾지 못하였다. 결국 도령의 집안에 사실을 알리니 깜짝 놀란 식구들은 수많은 노비들을 모아 절 근처 몇 십 리까지 며칠이나 두루 찾았지만 결국 어떤 소식도 들을 수 없었다. 사람들은 요물이나 여우에게 홀려 죽은 게 아니라면 사나운 호랑이에게 물려간 게 분명하다고들 말하였다. 이에 도령이 죽었다 여겨 초혼●을 하고 시신 없는 장례를 치렀다. 새로 온 관찰사의 아들도 자란이 돌아오지 않자 이방을 시켜 그 어미와 친척을 가두고 찾아내라 하였지만 한 달이 지나도록 행방을 알 수 없으니 더 이상 자란을 찾지 않았다.

자란은 살림이 자리를 잡게 되자 도령에게 말을 꺼내었다.

"도련님은 재상가의 독자신데 한갓 기녀에게 마음을 뺏겨 부모님도 버리고 깊은 두메산골로 도망쳐 숨어 지내느라 집안에선 살았는지 죽었는지도 알지 못하니 불효막심한 일입니다. 행색도 볼품없어 여기서 늙어 죽을 수도 없고 집안에 돌아갈 면목도 없으니 도련님께선 장차 어찌 하시렵니까?"

도령은 주르륵 눈물을 흘리며 입을 열었다.

"나도 염려하는 일이지만 어찌해야 할지 모르겠구려."

초혼招魂 죽은 사람이 평소 입던 웃옷의 옷깃을 왼손에 잡고 오른손으로는 그 허리께를 잡아 들고, 지붕이나 마당에서 북쪽을 향해 "아무 동네 아무개 복(復: 돌아오라는 의미)"이라고 세 번 외치는 장례의 한 절차.

"부족하나마 옛날의 허물을 덮고 새로운 기회를 마련할 수 있는 계책이 하나 있답니다. 위로는 다시 부모를 모시게 되고, 아래로는 세상에 출세할 수 있을 텐데 도련님께서 하실 수 있으실지요?"

"어떤 계획이란 말이오?"

"오직 과거에 급제해 이름을 날리는 한 가지 길밖에 없지요. 제가 낱낱이 말하지 않더라도 도련님께선 잘 아실 겁니다."

도령은 매우 기뻐하며 말하였다.

"나를 위한 낭자의 생각이 지극하오. 그렇다면 어떻게 책을 구해 읽는다지?"

"걱정 마세요! 제가 도련님을 위해 마련해 보겠습니다."

이때부터 자란은 주변 사람들에게 책을 얻을 수 있다면 값은 따지지 않겠노라고 말을 해 두었다. 하지만 워낙 외진 산골 마을이라 한참이 지나도 책을 구할 수 없었다. 하루는 지나가던 보부상●이 손에 책 한 권을 들고 팔려 하자 마을 사람이 벽이나 발라 볼까 하고 책을 사는 것이었다. 자란이 겨우 빌려다 도령에게 보여 주니 근래 우리나라에서 과거 공부를 위해 지어 놓은 문장이 작은 글씨로 깨알같이 적혀 있고, 책도 한 말들이만큼 커서 거의 몇천 편의 글이 담겨 있었다.

도령은 기뻐하며 말하였다.

"이 책 한 권이면 충분하오."

자란은 곧장 그 책을 사서 도령에게 가져다주었다. 도령은 책을 얻고 나자 외우고 읽기를 그치지 않았다. 밤이면 등불 하나를 밝혀 놓고 도령은 왼편에서 글을 읽고 자란은 오른편에서 물레를 돌려 실을 뽑으면서 불빛을 나누어 서로의 일을 했다. 도령이 조금이라도 게으름을 부리면 자란은 그때마다 성을 내고 꾸짖어 독서에 힘쓰도록 격려하였다.

이처럼 하기를 세 해가 지나자 원래 글재주가 뛰어났던 도령인지라 글을 짓는 솜씨가 일취월장*하여 문장을 어떻게 지을지에 대한 구상이 머릿속에 샘솟듯 가득 차 붓만 들면 바로 한 편의 작품이 완성되었다. 넉넉하고 아름다운 솜씨는 맞설 사람이 없을 정도여서 과거 급제는 따 놓은 당상이었다.

마침 나라에서 공자를 모신 문묘文廟에 임금이 직접 참배한 자리에서 치르는 시험인 알성과調聖科가 있다는 말을 들은 자란은 드디어 양식을 마련하고 행장을 꾸려 도령이 과거를 보도록 하였다. 도령이 걸어서 상경하여 성균관에 마련된 과거 시험장에 들어가니 임금께서 수레를 타고 친히 납시어 제목을 내걸었다. 도령이 붓을 한번 휘둘러 나가는데 마치 샘물이 용솟음치듯 생각이 솟아 나와 곧바로 답안지를 적어 시험관에게 드리고 자리에서 일어났다. 과거 합격자 명단을 내걸 때가 되어 임금께서 명단을 뜯어보라 명하시니 과연 도령이 일등을 차지하고 있었다.

당시에 도령의 아버지는 이조 판서로 임금을 모시고 서 있었다. 임금께서 이조 판서를 불러다 말하였다.

"지금 장원한 사람이 그대의 아들인 듯하구나. 그런데 다만 부친의 관직을 대사헌이라 적었으니 이게 무슨 까닭인가?"

보부상 봇짐장수와 등짐장수를 통틀어 이르는 말.
일취월장日就月將 나날이 다달이 자라거나 발전함.

그러고는 시험지를 펼쳐 보여 주도록 명하자 이조 판서는 그것을 보고 자리에서 물러나 눈물을 흘리며 대답하였다.

"이 사람은 바로 신(臣)의 아들이옵니다. 삼 년 전에 친구들과 산사로 글을 읽으러 갔다가 어느 날 저녁 갑자기 자취를 감춰 끝내 찾지를 못하였습니다. 아들이 분명 사나운 짐승에게 물려 죽었을 것으로 여겨 절의 뒤꼍에 시신도 없이 장례를 치른 지 벌써 삼 년이 지나 탈상할 때가 되었습니다. 신은 다른 자녀가 없이 단지 이 아이 하나가 재주며 품행이 준수하였기에 뜻밖에 아들을 잃어 슬프고 아픈 마음이 지금도 그대로입니다. 이제 시험지를 보니 과연 아들의 글씨가 맞습니다. 아들을 잃었을 당시 신이 대사헌의 직책을 맡고 있었기에 아마도 이렇게 적은 듯하옵니다. 아들이 삼 년씩이나 어디로 갔다가 지금 이 시험을 치르게 되었는지는 참으로 모르겠습니다."

이 말을 들은 임금은 매우 기이하게 여기며 곧바로 도령을 불러오도록 명하였고, 도령은 과거 합격자 명단을 내기 전이라 유생들이 입는 복장 그대로 궁궐에 들어가 임금을 뵈었다. 곁에서 임금을 모시던 신하 중에 놀라지 않는 사람이 없었다.

임금께서 도령에게 산사에서는 무슨 연고로 나갔으며, 삼 년을 어디서 머물렀는지 등을 친히 물으시자 도령은 자리에서 물러나 머리를 조아리고 대답하였다.

"신은 보잘것없는 사람이옵니다. 부모를 버리고 도망해 숨어 지내며 인륜을 어긴 죄를 지었으니 무거운 벌로 다스리시길 원하옵니다."

"임금과 아비 앞에서는 숨기는 것이 없어야 하느니라. 비록 잘못한 것은 있다만 내 너를 벌하지 않으리니 너는 사실대로 아뢰어라."

　도령은 즉시 그 사이에 벌어졌던 일들을 세세하게 아뢰었다. 좌우의 신하들 모두가 도령의 말에 차분히 귀를 기울였고, 임금도 깊이 탄복하고 기이해하며 도령의 부친에게 명을 내렸다.

　"그대의 아들이 지금 벌써 잘못을 뉘우쳤고 부지런히 공부한 끝에 급제하여 조정에서 벼슬을 하게 되었네. 젊은 남자가 잠시 아름다운 여인에게 마음을 뺏기는 일은 깊이 허물할 것이 못 되니 이전의 죄는 모두 용서하고 장차 큰일을 하도록 격려하라. 자란은 함께 산속으로 도망가 몸을 숨긴 일이 이미 기특한 데다, 묘책을 내어 잘못을 고치도록 하고 책을 구해 과거 공부를 격려하였으니 그 뜻이 아름다워 관아의 기녀 신분으로 천하게 둘 수는 없는 일이다. 아들로 하여금 달리 아내를 얻도록 하지 말고 자란을 정실부인으로 삼아 앞으로 낳을 자식들도 높고 훌륭한 관직에 오르는 데 막힘이 없도록 하는 것이 좋겠다."

　그러고는 과거 급제자의 이름을 발표하였다. 도령의 아버지가 임금 앞에서 자식을 다시 찾고, 자식은 머리에 어사화●를 꼽고 말에 앉아 풍악을 울리며 집으로 돌아오니 온 집안이 모두 놀라 기쁘고도 슬픈 마음이 뒤섞였다. 도령의 부모는 임금의 명에 따라 수레를 마련해 자란을 맞아 오게 하고 잔치를 성대하게 베풀어 아들의 정실부인으로 삼아 주었다.

어사화御賜花　조선 시대에, 문무과에 급제한 사람에게 임금이 하사하던 종이꽃.

그 뒤로 도령의 관직은 재상의 반열에 이르렀고, 부부가 해로*하였다. 그들의 두 아들도 모두 과거에 급제해 현달*하고 영예롭게 되었다. 자란을 맹산에서 맞아 오는 날 장원으로 뽑힌 도령은 곧장 6품 품계에 나가 병조 좌랑에 올랐고, 자란은 좌랑의 아내로 가마를 타고 상경했으니 맹산 사람들은 지금도 그들이 살던 마을을 좌랑촌佐郞村이라 부른다고 한다.

[천예록天倪錄]

해로 부부가 한평생 같이 살며 함께 늙음.
현달 벼슬, 명성, 덕망이 높아서 이름이 세상에 드러남.

보쌈당해 만난 여인

영조英祖 임금이 돌아가시기 얼마 전에 있었던 일이다. 채생蔡生°은 숭례문 밖 만리재에 남의 집을 빌려 살고 있었다. 그의 가족은 달팽이집처럼 작고 무너져 가는 집에서 하루 끼니도 제대로 잇지 못하는 형편이었다. 하지만 그의 아버지는 온화한 성품에 행동을 조심하며 편안한 마음가짐으로 소신을 갖고 살았으며, 집안이 가난해 굶주림과 추위로 고생하면서도 자신의 품은 뜻을 바꾸지 않았다. 다만 아들만은 엄하게 가르쳐 집안을 일으키고자 하였다. 그래서 아들 채생의 행동에 조금이라도 잘못된 점이 보이면 사랑하는 마음으로 포용하는 일이 없었다. 그럴 때마다 맨몸의 채생을 그물에 잡아넣고 대들보에 매달아서는 몽둥이로 매질을 하며 이렇게 꾸지람하곤 하였다.

"우리 가문의 흥망이 오로지 네 한 몸에 달렸는데 혹독하게 혼내지 않으면 어떻게 뉘우치길 바라겠느냐."

채생은 열여덟 살이 되어 우수현의 서당 훈장을 지내는 목씨睦氏 집안에 장가들었다. 채생의 아버지는 혼삿날에도 글공부를 시켰고, 혼례를 치른 뒤에도 정해진 날에만 부부가 함께 잠자리에 들도록 하였다.

어느 날 채생의 아버지가 아들을 불렀다.

"한식°이 겨우 나흘 남았구나. 내가 직접 조상의 묘소에 제사를 지내야 하겠지만 너의 혼례를 치르느라 성묘省墓도 제대로 못 해 인정이나 도리로 따져 보아도 마음이 편치 않구나. 네가 내일 새벽에 길을 나서 빠른 걸음으로 사흘이면 백여 리°를 갈 수 있으니 기한에 맞춰 선영에 당도할 수 있을 것이다. 제사를 올릴 적에는 정성된 마음으로 절을 올리고, 앉거나 드나들 때라도 조금의 소홀함이 없어야 하느니라. 가는 길에 혹여 아녀자의 행차나 상여°를 만나거든 반드시 피하고 쳐다보지도 말거라. 몸과 마음에 부정°이 타지 않도록 힘을 쓰거라."

채생은 아버지가 당부할 때마다 그러겠다고 하였다. 다음 날 새벽이 되어 채생이 길을 나서자 아버지도 문 앞까지 나와 다시 다짐하였다.

"먼 길에 절대 허투루 보내지 말고 마음속으로 경서를 외우거라. 객점°에 묵거든 반드시 음식을 조심해 탈이 나지 않도록 힘써야 한다!"

채생은 아버지께서 말씀하실 때마다 그러겠노라 대답하였다. 채생이 베옷에 짚신을 신은 초라한 차림새로 남대문을 지나 십자가°로 돌아 들어가는 참이었다. 갑자기 체구가 건장한 시종 대여섯 사람이 길가에서 채생에게 절을 드리는 것이었다. 곁에는 황금 장식의 재갈을 물리고, 비단으로 꾸민 안장을 얹은 훌륭한 말 한 필도 있었다. 채생은 무안해 어쩔 줄 몰라 걸음을 재촉해 달리기 시작하였다. 시종들은 채생의 주위를 빙 둘러싸고는 말하였다.

"저희 집안 영감님께서 도련님을 모셔 오라 하십니다. 얼른 말에 오르시지요."

채생은 놀랍고 당혹스러워 말까지 더듬거렸다.

"다… 당신들은 뉘 집 시종들이오? 나는 주위에 출세한 친척도 없는데 어디 그런 분이 계신단 말이오? 얼른 가시구려!"

시종들이 더 이상의 말도 없이 채생을 안아 올려 안장에 억지로 앉히고 얼른 채찍질을 하자 말은 마치 날아오르는 용처럼 달려 나갔다. 채생은 놀란 눈에 벌어진 입을 다물지도 못하고 떨리는 마음으로 애타게 부르짖었다.

"저희 집에는 나이 드신 부모님만 계십니다. 저 말고는 형제도 없답니다. 여러분 제발 특별히 자비를 베푸시어 실낱같은 목숨을 구해 주시옵소서."

시종들은 들은 척도 않고 그저 말만 몰아갈 뿐이었다.

얼마쯤 지났을까. 어느 집 대문으로 말을 몰아 들어가는데 수없이 많

ㅇ생은 성 뒤에 붙여 젊은 사람을 나타내는 말이다.
한식寒食 4월 5일쯤으로 조상의 묘소를 찾아 제사를 지내는 날.
리里 10리는 대략 4킬로미터.
상여 장례에서 시신을 옮기는 데 쓰는 가마.
부정 깨끗하지 못함 또는 더러운 것.
객점 나그네에게 음식과 잠자리를 제공하는 곳.
십자가十字街 을지로에 있던 큰 사거리.

은 작은 문을 이리저리 돌아 지나갔다. 그 안에 다다르자 넓은 터에 큰 집 한 채가 자리 잡고 있었다. 그 집의 규모며 장식이 웅장하였고, 처마와 기둥에는 화려하게 장식이 되어 있었다. 여러 시종들이 좌우에서 채생을 인도하여 대청마루로 올라갔다. 그곳 대청마루에는 노인 양반이 한 분 계셨다. 그 양반은 검은 비단으로 만든 절풍건*에 투명한 구슬로 갓 끈을 달았고, 양쪽 귀밑머리에 벼슬하는 사람들이 붙이는 금관자*를 달았고, 푸른 비단에 큰 꽃을 수놓은 창의*에 허리에는 붉은색 띠를 두르고 침향沈香나무 의자에 앉아 있었다. 게다가 고운 화장에 옷을 예쁘게 차려입은 대여섯 명의 어린 여종들이 나란히 곁에 서서 모시고 있었다.

채생이 어찌해야 할지 몰라 넙죽 절을 올리고 자리에 꿇어앉자 주인옹*은 손수 그를 일으켜 인사를 하고 이름과 집안, 그리고 나이를 차근차근 물어보았다. 채생이 하나하나 대답해 드리자 주인옹은 눈가에 기쁜 표정을 짓는 것이었다.

"내 팔자가 나쁘지는 않은 모양일세."

채생은 도무지 어안이 벙벙해서 어쩐 일인지 알 수 없었고 제대로 묻지도 못한 채 얼굴이 온통 벌게져 손을 모으고 앉아 있을 뿐이었다. 이때 주인옹이 입을 열었다.

"우리 집안은 대대로 역관*을 지내 왔고 나는 당상관*에 올랐다네. 집안에는 재물도 넉넉해 스스로 부족하다 여긴 적이 없었지. 하지만 하나뿐인 딸아이가 다른 집안과 혼사를 정해 놓고 혼례도 치르기 전에 사위가 갑자기 죽고 말았다오. 그 뒤로 젊은 처녀가 혼자 규방*을 지키고 있으니 매우 가련한 마음이라오. 하지만 나라의 예법에 재가할 수 없는 데다 주변 사람들의 이목 때문에 몰래 시집을 보내지도 못한 채 어언 삼 년이 되었구려. 지난밤에는 딸아이가 슬프고 애통하게 우는데 울음 소리마다 한을 머금어 내 애간장이 마디마디 끊어지는 듯하였다오. 길을 가던 행인이 보더라도 분명 마음 아프게 여겼을 텐데 하물며 나의 혈육이라곤 오직 이 딸아이뿐이니 어떠했겠소? 하루를 참고 보자니 종일 근심이 일고, 백 년을 참아 보자니 백 년 내내 즐거움이라곤 없을 것 같았소. 무엇을 잃어버린 것처럼 허전한 세상에 시간은 네 필의 말이 끄는 마차가 달려가듯 빨리도 지나가더군. 흥겨운 가야금 연주와 소리꾼의 노래가 귀를 즐겁게 하고 아름다운 비단옷을 차려입은 여인들이 앞에서 춤을 추며 산해진미가 입맛을 돋구어 주더라도 즐겁지 않을까 걱정이건만 나는 어찌 이다지도 괴로운 눈물로 하루를 지내고 슬픔과 원망으로 살아가야 한단 말이오?

사정이 너무도 딱하게 된 데다 달리 어찌할 도리도 없었다네. 결국 시종들을 시켜 새벽녘 큰길을 지키고 있다가 재주나 귀천에 상관없이 반드시 처음 만나는 소년 장부를 힘을 다해 모셔 오도록 해서 아름다운 인

절풍건折風巾 삼국 시대에, 머리에 쓰던 고깔 모양의 건. 새의 깃털을 꽂거나 붉은 비단으로 만들어 금은 장식을 하였다.
금관자 금으로 만든 관자. 망건에 달아 당줄을 꿰는 작은 단추 모양의 고리. 정이품, 종이품의 벼슬아치가 달았는데, 특히 정이품이 단 것을 돌이금이라고 일렀다.
창의氅衣 벼슬아치가 평상시에 입던 웃옷. 소매가 넓고 뒤 솔기가 갈라져 있다.
옹翁 나이 많은 어른의 성씨 뒤에 붙여 높이는 말.
역관譯官 통역을 맡은 관리.
당상관堂上官 정삼품 이상의 관리.
규방 아녀자들이 거처하는 방.

연을 맺어 주기로 하였소. 뜻밖에도 그대가 내 미천한 딸아이와 진즉에 맺은 인연이 있었던 것이니 이렇게 만난 것도 참으로 묘하다 하겠소. 외롭게 된 딸아이를 불쌍히 여겨 아녀자의 도리를 받들 수 있도록 해 주기를 진심으로 바라오."

이 말을 들은 채생은 눈이 더욱 휘둥그레져서 감히 무어라 답도 할 수 없었다. 주인옹이 다시 말하였다.

"봄밤이 참으로 짧아 이미 닭이 홰를 치며 우는구려. 아직 날이 밝지는 않았으니 자네는 딸아이와 화촉*을 밝히시게나."

말을 마친 주인옹은 채생을 일으켜 행랑채 사이로 이끌고 들어가 이리저리 지나더니 한 화원에 도착하였다. 화원은 수백 걸음이 넘는 둘레에 갖가지 색으로 꾸민 담을 둘러놓았고, 담장 안으로 널찍하게 만든 연못에 두세 사람이 탈 법한 작은 거룻배 한 척이 대어져 있었다. 곧 주인옹과 함께 배에 올라 삿대를 저어 나갔다. 연못에서 쑥 벋어 나온 연꽃은 키가 얼마나 되는지 알 수 없을 정도였다. 연꽃의 그윽한 향기 속을 한참이나 거슬러 들어가자 그 앞으로 우뚝한 봉우리가 하나 솟아 있었다.

봉우리는 무늬 있는 돌을 쌓아 올린 것인데 그 안쪽에 계단을 마련해 꼭대기까지 오를 수 있도록 만들어 놓았다. 채생은 배에서 내려 계단을 따라 올라갔다. 계단 끝에는 열두 굽이 난간을 두른 집이 있었는데, 방석과 자리가 화려하였고 구슬로 만든 발이 늘어져 빛을 발하고 있었다. 주인옹은 그를 잠시 밖에 머물도록 하고 안으로 들어갔다. 채생은 가만히 서서 집 주변을 둘러보았다. 그곳은 기이한 화초와 특이한 모양의 바위, 이름난 꽃과 깃털이 화려한 새들로 꾸며져 마치 신기루를 보는 듯 이루 다 말로 할 수 없는 황홀한 풍경이었다.

얼마쯤 지나 푸른 옷을 입은 동자 두 사람이 앞에서 모시고 인도하자 채생은 뒤를 따라 붉게 장식한 집에 이르렀다. 그 집의 푸른 비단 창문 안으로 은촛대가 휘황하게 비추었고, 향에서 피어난 연기가 가늘게 퍼져 오르는 것이 보였다. 그리고 달빛이 비추이고 꽃이 피어나는 듯한 외모의 열여섯 살 정도 되는 낭자가 단아하게 꾸민 얼굴과 화사한 옷차림으로 문 안쪽에 오똑하게 서 있는 모습이 어렴풋이 보였다. 얼굴은 단지 옆모습만 보였다.

채생이 주저하다 나서려는 참이었다. 낭자는 연꽃처럼 사뿐한 발걸음으로 돌아 나오더니 채생을 모시고 안으로 들어와 절을 한 번 올리는 것이었다. 채생은 엉겁결에 머리를 처박듯 맞절을 드리고 융단 방석을 깔고 마주 앉았다. 시녀들이 음식을 차려 내는데 사방 한 길*이나 되는 상에 산해진미가 올라 있고, 보석으로 장식한 그릇이 겹쳐 놓아야 할 정도로 많았다. 채생은 겸연쩍어 감히 숟가락도 못 대고 있는데 주인옹이 나섰다.

"어린 딸아이가 풍족하게 지내는 것은 내가 마련해 주었다네. 자네는 언제나 은혜로운 마음가짐으로 헐뜯거나 질투하지 말아 부부가 백년해로하리라 믿네. 자네는 힘써 주기를 바라네."

화촉 결혼식에서 켜는 등불.
길 1길은 10자로 1자는 대략 30센티미터.

채생은 대답도 못 하고 있는데 주인옹이 몸을 돌려 나가는 것이었다.

시중드는 할미가 온갖 보석으로 꾸민 침상 위에 홑이불 두 채를 깔아 놓고는 채생에게 휘장 안으로 들기를 청하였다. 채생은 마지못해 자리를 옮겼다. 할미는 다시 낭자를 모시고 들어와 채생과 나란히 앉혀 놓더니 바로 침상의 휘장을 펼쳐 두고 나가는 것이었다. 채생은 자신의 무릎을 가슴 앞에 끌어안고 앉은 채 마음을 진정할 수 없었다. 지금 자신이 중국의 천태산天台山에서 약초를 캐다 선녀를 만난 완랑阮郎과 동정호洞庭湖에서 용왕의 딸을 만나 결혼했던 유의柳毅인가보다 생각하고 있었다. 그러다가 촛불을 불어 끄고는 함께 잠자리에 들었다.

다음 날 채생이 해가 중천에 떠올라서야 겨우 잠자리에서 일어나 보니 자신이 입고 왔던 옷이 하나도 없었다. 놀랍고 의아스러워 낭자에게 어떻게 된 일인지 물어보았다.

"입고 오신 옷으로 견본을 삼아 새 옷을 지어 드리고자 감히 말씀도 드리지 않고 가져갔던 것입니다."

낭자가 말을 마치는데 할미가 수를 놓아 장식한 상자 하나를 들고 오며 아뢰었다.

"새 옷이 이미 마련되었으니 낭군께선 입어 보십시오."

채생은 윤이 나는 비단옷이 몸에도 딱 맞자 무척이나 기뻐하며 옷을 제대로 갖춰 입었다. 그러고 나서 곧 아침밥을 들었다.

이때 주인옹이 들어와 잠자리는 어떠했는지 안부를 물었다. 채생은 말을 머뭇거리다 겨우 입을 떼었다.

"어르신께선 제가 미천한 집안의 자식임에도 천하게 여기지 않으시고 은혜로운 정성을 정중하게 베풀어 주셨으니 오래도록 사위 노릇하며 작은 보답이나마 표하지 않을 수 없습니다. 하지만 조상 묘소에 올릴 제사가 코앞에 닥쳐 있는데 갈 길은 머니 조금이라도 지체했다가는 기한에 도착할 수 없을 것입니다. 지금 감히 길을 떠나고자 하오니 바라옵건대 헤아려 주시길 바라옵니다."

"조상의 묘소가 여기서 몇 리나 되는가?"

"백여 리쯤 되옵니다."

"만일 자네가 피곤한 발걸음을 중도에 쉬면서 가자면 사흘은 걸리겠구려. 하지만 천리마를 타고 간다면 불과 반나절이면 도착할 수 있는 길일세. 우선 이틀을 좀 더 머물러 지내면서 내 소원을 저버리지 말아 주게나."

"저희 아버님의 훈계가 너무도 지엄하셨습니다. 제가 만일 여기 머물며 지체하다가 건장한 말을 타고 비단옷을 입은 채 의기양양하게 달려가 제사를 지낸다면 이 일은 금세 탄로 나고 말 것입니다. 바라옵건대 어르신께선 다시 생각해 주시옵소서."

"내 이미 계책을 단단히 마련해 두었네. 편안히 지내시게. 너무 걱정하지 말게나."

채생도 이곳을 떠나고 싶지는 않았던 터라 주인옹의 말씀을 듣자 속으로 다행이라 생각했다.

주인옹은 채생과 함께 산과 숲 사이에 지은 정자며 소나무 사이에 세운 누대와 대나무 숲을 거닐었다. 채생은 보는 것마다 아름답고 마음이 상쾌하여 그 모든 것이 빼어난 경관이라 생각하고 있는데, 주인옹이 말을 꺼냈다.

"나의 성은 김씨라오. 벼슬은 임금의 명을 받드는 정이품 지중추부사
知中樞府事를 했다네. 세상 사람들이 내 재산을 나라 안에 제일이라 일컫
어 나의 보잘것없는 이름이 멀리까지 전해졌는데 혹시 자네도 들어보았
는가?"

"거리의 군졸이나 밭 가는 농부도 어르신의 귀한 명성을 모두들 알지
요. 저 역시 귓가에 우레가 울리듯 못이 박히도록 들었습니다."

"나는 뒤를 이을 아들이 없어 정원과 숲을 가꾸는 일에 정성을 쏟아
남은 생애를 보내고자 하였네. 여기 이렇게 마련한 촌락과 누대는 참으
로 내 분수를 넘어선 것일세. 여기서 본 것을 세상 사람들에게 이야기
해서 죄를 얻도록 하지는 말아 주게나."

"예. 그리하겠습니다."

이틀 뒤 채생이 이른 새벽에 일어나 길을 나서는데 이미 말과 마차가
마련되어 있었고 시종과 마부까지 기다리고 있었다. 해가 뉘엿해지기
도 전에 이미 조상의 묘소를 오 리쯤 남겨 놓은 곳에 도착하였다. 채생
은 곧장 예전에 걸치던 옷과 신발로 갈아입고 마을로 들어갔다. 다음
날 제사를 지내고 다시 길을 되돌아오는데 십 리도 못 미쳐 말과 수레
가 길가에서 마중하는 것이었다. 채생은 다시 비단옷으로 갈아입고 말
을 달려 김 노인의 집으로 돌아갔다. 그리하여 집으로 돌아가려 한다는
말에 김 노인이 채생을 말렸다.

"자네 아버님께선 자네가 걸어서 다녀올 것으로만 여기실 테지. 자네
가 말을 탔으리라고는 생각도 못 하실 걸세. 그러니 백 리나 되는 먼 여

정을 하루 만에 돌아간다면 일이 금세 탄로 나는 데다 변명하기도 어려울 게야. 다시 이틀을 머물다 돌아가 부친을 뵙느니만 못할 걸세."

채생은 그 말대로 낭자의 규방에서 편안하게 지내는데 다시 만난 정분이 흡족하였다. 기일이 되어 이별을 나누는데 얼굴은 온통 눈물로 범벅이었다. 낭자가 배웅하며 언제나 다시 만날 수 있겠느냐고 물었다.

"아버님의 가르침이 엄격하셔서 밖으로 나갈 때도 가는 곳을 미리 말씀드려야 합니다. 혹여 봄가을로 조상님 묘소에 드리는 제사를 다시 저더러 다녀오라 하신다면 마땅히 오늘 같은 만남이 있겠지요. 그렇지 않다면 한두 해를 지나더라도 낭자는 여느 과부와 다를 게 없겠지요."

채생 역시 이렇게 말하며 눈물 흘리는 모습이 마치 금실 좋은 봉황과 난새*가 이별하는 것 같았다.

채생은 어린 나이에 생각 또한 어렸다. 그는 예전부터 불을 만들 때 필요한 부싯돌을 담는 작은 주머니를 갖는 것이 소원이었지만, 가난한 집안 살림에 마련하지 못하고 있었다. 김 노인 집에서 준비해 준 주머니는 화려하게 수를 놓았고 만든 솜씨도 꼼꼼한 것이었다. 채생은 이것을 진기한 보물처럼 아끼며 간직했기에 차마 놔두고 가기 싫은 모양이었다.

"이 주머니는 당신의 괴나리봇짐 속에 깊이 숨겨 두세요. 누가 살펴보기야 하려구요. 입고 오신 옷으로 갈아입고 가시더라도 이 물건 하나 때문에 무슨 일이야 생기겠어요?"

난새 중국 전설에 나오는 상상의 새. 모양은 닭과 비슷하나 깃은 붉은빛에 다섯 가지 색채가 섞여 있으며, 소리는 오음(五音)과 같다고 한다.

채생은 말한 대로 부싯돌 주머니를 봇짐에 챙겨 넣었다.

집으로 돌아온 채생은 아버지께 다녀왔다는 말씀을 올렸다. 아버지는 얼른 조상님 묘소의 안부와 함께 정성을 다해 제사 지냈는지를 물었고, 채생은 매우 자세히 대답하였다. 채생의 아버지는 지체하지 말고 글을 읽도록 하였다. 하지만 채생은 입으로야 웅얼거리며 책을 읽는 듯해도 속으로는 김씨 집안에 대한 생각이 떠나질 않았다.

하루는 아버지가 채생에게 아내와 함께 잠자리에 들도록 허락하였다. 저녁이 되어 채생이 부인의 방으로 들어가는데 부서진 창과 비 새는 지붕에 차가운 바람이 뼈에 사무쳤고, 낡아 해진 이부자리에는 벼룩이 득시글거렸다. 아내는 머리에 나무 비녀를 아무렇게나 꽂았고, 해진 치마를 입은 채 지저분한 얼굴에 앙상하게 마른 모습으로 일어나 맞이하는 것이었다. 채생은 참으로 마음에 들지 않아 한마디도 건네지 않았다.

채생은 김씨 집안의 난꽃 향기 어리는 규방에서 보낸 지난날의 즐거움만이 떠오를 뿐이었다. 하지만 예전의 놀던 일은 꿈만 같았고 뒷날 만날 기약이라고는 없었다. 채생은 이런저런 생각으로 중국의 원진元稹이라는 시인이 자신의 죽은 아내를 그리워하며 지은 "푸른 바다 건너 보니 시내와 강은 물이라 할 수도 없고, 언제나 짙은 무산의 구름 아니라면 구름이라 할 수 없네(曾經滄海難爲水 除却巫山不是雲)"라는 구절을 읊조렸다. 지금 자신의 처지와 너무도 들어맞는다고 생각했다. 간간이 신음을 뱉고 한참을 탄식하며 이리저리 뒤척이느라 잠을 이루지 못하던 채생은 새벽종이 울리고 나서야 비로소 눈을 붙였다. 그 때문에 해가 한참 떠오르도록 잠자리에서 일어나지 못했다. 그의 아내는 동이 틀 무렵 먼저 자리에서 일어나 이런 생각에 잠겼다.

'서방님이 평소에는 금실이 좋아 나를 보살펴 주는 애정 어린 마음이 변함없이 두터웠었지. 그런데 조상님 묘소에 제사를 지내고 돌아온 뒤로 단번에 마음이 식어 버렸어. 분명 마음에 둔 다른 사람이 생겨 나와의 정에 틈이 생긴 거야.'

그러고는 남편의 모습이며 옷가지를 이리저리 살펴보았지만 겉보기만으로는 달라진 점을 찾을 수 없었다. 그러다 우연히 남편의 괴나리봇짐이 눈에 띄었다. 전에는 비어서 홀쭉하던 것이 지금은 갑자기 두둑한 듯하였다. 아내는 의심이 뭉게뭉게 일어나 바로 봇짐 안을 살펴보았다. 과연 작은 비단 주머니가 하나 나왔고, 안에는 부싯돌과 함께 바둑돌 모양의 은화가 가득한 것이 아닌가. 아내는 너무나 화가 나 상 위에 그것을 늘어놓고 남편이 잠에서 깨어나 자신의 잘못을 깨닫길 기다렸다.

얼마쯤 있자니 아버지가 성난 목소리로 꾸짖는 소리가 들려왔다.

"이놈이 아직도 잠자리에 누워 있는 게냐? 어느 겨를에 한 자라도 더 읽으려느냐?"

아버지가 방문을 열어젖히고 호통을 치는 바람에 채생은 화들짝 놀라 옷을 주섬주섬 챙겨 입었다. 아버지는 여기저기 둘러보다가 상 위에 놓인 작은 주머니에 눈길이 멈추었다. 그러곤 놀라움을 이기지 못해 아들을 발가벗겨 그물에 집어넣고 대들보에 매달아 있는 힘을 다해 매질을 하였다. 채생은 고통을 견딜 수 없어 그사이 있었던 일을 낱낱이 실토하고 말았다. 아버지는 더욱 성을 내며 수도 없이 발만 구르다가 편지를 한 통 적어 이웃집 사람을 시켜 김 영감을 불러오도록 하였다.

김 영감은 원체 이름난 신분인지라 비록 재상이나 학사 벼슬을 지낸 사람이라도 함부로 오라거니 가라거니 할 수 없었다. 그런데 한갓 고을에서 글이나 읽던 사람이 심부름꾼 하나를 보내 불러온다는 것은 가당치도 않은 일이었다. 그래도 김 영감은 과부인 딸아이와 관계된 일인지라 모욕을 달게 여기며 소식을 받자마자 지체 없이 달려왔다. 채생의 부친은 성난 목소리로 김 영감을 크게 꾸짖었다.

　"당신은 예법을 무시한 채 딸의 음란한 행실을 들어주었으니 이미 잘한 일이라 할 수 없소. 게다가 내 아이까지 그르쳤으니 이는 무슨 까닭이오?"

　"사위를 맞으려던 수레가 우연찮게도 아드님을 만난 것이니 서로에게 불행이라 하겠지요. 이미 지난 일이라 어찌할 수도 없는 일입니다. 이제 물이 흐르듯 구름이 떠가듯 두 집안에 아무 일도 없는 듯하니 서로 잊고 지내면 그만이겠죠. 어째서 흉허물을 들춰내고 큰 소리로 떠들어 일을 만드시려 하십니까?"

　이 말에 채생의 부친은 대꾸할 말이 없었다. 그러자 김 영감은 인사를 마치고 이렇게 말하며 훌쩍 떠나 버렸다.

　"이후로는 물고기와 호수가 평소에는 서로를 잊고 지내듯이 다시는 만나지 말도록 합시다."

　그렇게 일 년쯤 지난 어느 날이었다. 김 영감이 비를 흠뻑 맞고 채 노인의 집으로 들어오는 것이었다. 채 노인이 물었다.

　"지난번 굳은 약속은 어쩌고 우리 집에 발을 들이신단 말이오?"

　"마침 교외에 나왔다가 갑자기 쏟아지는 소나기를 만났답니다. 근처에 아는 사람이라고는 없어 감히 귀댁에 들어와 잠시 폭우를 피하려던 것이니 헤아려 주시길 간절히 바라옵니다."

채 노인이 빙그레 웃음을 지었다.

"나도 오랜 비에 혼자 앉아 있자니 적적함을 달랠 수가 없었다오. 이왕 만났으니 한가하게 얘기라도 나누면 되겠구려."

김 영감은 매우 공손하게 예를 갖추고는 이야기를 나누기 시작하였다. 그는 진정 소의 털만큼이나 많은 이야기도 누에가 고치실을 풀어내듯이 조리 있게 말하였다. 하지만 자식들의 혼사 이야기는 한마디도 꺼내지 않았다. 채 노인이 평소 만나던 친구라고는 기껏해야 마을 서당의 훈장이었고, 하루 종일 나누는 이야기도 딱히 중요하지 않은 말들이라 도장 찍듯 판에 박힌 내용일 뿐이었다. 그러던 차에 채 노인은 김 영감의 박식한 달변과 당찬 위엄을 만난 것이다. 기분을 맞춰 주는 말씨에 부드러운 미소까지 더하자 채 노인은 기쁜 나머지 마음을 빼앗기고 말았다. 김 영감은 채 노인의 이러한 심중을 알아차리고 즉시 노비들을 불러 명하였다.

"내가 걸어오느라 배가 출출하구나. 짐 보따리에서 먹을 것 좀 내오너라."

노비들이 맛난 안주와 진귀한 음식을 차려 오자 김 영감은 공손하게 무릎을 굽힌 채 큰 잔에 술을 가득 따라 채 노인에게 올렸다. 채 노인은 비록 회가 동하고● 입가엔 침이 고여 벌컥 들이키고 싶은 마음이었지만 겉으론 사양하는 척하였다. 그러자 김 영감이 말하였다.

회가 동하다 구미가 당기거나 무엇을 하고 싶은 마음이 생기다.

"술잔은 평소 모르던 사람과도 함께한다는데 우리는 서로 알게 된 지도 이미 오래고 낯설 것도 없습니다. 그런데 어떻게 함께 앉아서 혼자만 마실 수 있겠습니까?"

채 노인은 대꾸할 말이 없어 마지못해 입만 댄다는 것이 한 잔 술을 모두 들이키고 말았다. 이렇게 술이 한 잔 들어가자 가슴에 쌓인 울적함이 모두 씻기는 듯하였다. 더구나 나물 반찬만 먹던 위장이 기름진 고기 안주에 맛이 들자 취한 눈은 조수가 밀려오듯 가물거리고 가슴도 탁 트여 맑아지는 것이었다. 김 영감이 즐겁게 자리를 마치고 돌아가려 하자 채 영감이 입을 열었다.

"당신은 정말 좋은 술친구입니다. 언제거나 자주 들려 주시구려."

"오늘은 하늘이 내려 준 비 덕분에 다행히 술잔을 나눌 수 있었습니다. 하지만 제가 나랏일에 집안일로 온종일 분주하니 다시 틈을 내서 만나 뵐 수 있을지 모르겠습니다."

채 노인은 그를 대문 앞까지 나가 마중하였다. 그는 취한 마음에 집안 식구들을 모아 놓고 김 영감이 마음에 든다며 입에 침이 마르도록 칭찬하다가 곧 잠이 들고 말았다. 다음 날 깨어난 채 노인은 어제 왔던 김 영감의 속셈에 속은 것이 너무도 후회되었지만 어쩔 도리가 없었다.

한편 김 영감은 몰래 집안 심부름꾼에게 채생 집안의 동정을 염탐해 오도록 하였다. 하루는 심부름꾼이 돌아와 아뢰는 것이었다.

"채생 집에는 닷새나 밥 짓는 연기가 없었습니다. 굶주림에 지친 집안 사람들도 너 나 할 것 없이 엎어지거나 쓰러져 있어 그 사정이 참혹하더이다."

김 영감은 곧장 채생에게 전하는 편지와 함께 동전 몇천 냥을 보내 도와주었다. 채생의 집안사람들 모두 기쁜 마음으로 덩실거리며 즉시 먹을거리를 마련하였다. 하지만 우선은 아버지가 모르도록 꾸어 온 음식이라 둘러대고 음식상을 올렸다. 채 노인도 허기진 배를 채우느라 정신이 없어 따져 물을 겨를도 없었다.

이렇게 하루가 가고 이틀이 가도록 한 끼니에 두 그릇을 먹어도 걱정이 없었다. 그제야 채 노인은 이상한 생각이 들어 물어보았다. 채생이 사실을 솔직하게 아뢰자 채 노인은 버럭 성을 내었다.

"차라리 도랑이나 골짜기에 굴러 넘어져 죽을지언정 어찌 명분도 없는 물건을 가만히 앉아 받았단 말이냐? 이미 지난 일이니 먹은 걸 게워 낼 수도 없는 노릇이고, 갚을 길도 없구나. 이후로는 절대 내 훈계를 어기지 말아야 하느니라."

"예. 그리하겠습니다."

어느덧 받은 돈도 떨어지자 전처럼 굶는 지경이 되었다. 채 노인은 원체 세상 물정을 모르는 데다 서툴러 생계를 꾸리지도 못하였다. 채생은 어머니와 윗마을에서 빌려다 아랫마을에 갚고, 아랫돌을 빼서 윗돌에 끼우는 식으로 근근이 한 해를 버텨 내었다. 하지만 힘이 다한 화살이 맥을 못 추듯 빚은 늘어만 가고 목숨이 턱밑에서 간당거릴 지경이었다.

김 영감도 이런 사정을 알아채고 전처럼 쌀 백 말과 돈 백 냥을 보내 생계를 잇도록 하였다. 채생 역시 부모가 굶어 죽는 상황을 어떻게 보고만 있겠는가? 마음을 졸이고 가슴이 타들어 갈 지경이라 부모님의 모습을 보고 차마 견딜 수 없었다. 하다못해 똥지게를 지거나 남의 집 머슴을 산다 한들 마다 않을 처지인데 이웃의 호의와 도움을 거절하겠는가? 채생은 흔쾌하게 받아 부모님을 봉양할 음식을 잔뜩 마련하였다.

채 노인은 병이 들어 한창 정신이 가물거려 마시고 먹을 것만 찾고 있었다. 그러던 차에 아들이 끊임없이 차려 내는 기름진 음식으로 채 노인은 며칠 만에 바로 기력을 회복하였고 감칠맛 나는 음식으로 몸조리를 하였다. 그러던 중 채 노인이 물었다.

"이 음식들은 누구에게 마련한 것이냐?"

채생은 다시 사실대로 아뢰었다. 채 노인은 잠시 씁쓸한 미소를 지었다.

"김 영감이 어찌 그리 때를 맞춰 우리의 급한 사정을 돕는지. 이후로 다시는 받지 말거라. 또 그런다면 매를 들 수밖에 없구나."

채생도 그러겠노라고 하였다. 채 노인은 식사 때마다 편안히 지내며 끼니 걱정 없이 대여섯 달을 보냈다. 마련한 음식이 다시 떨어지자 근심과 고민이 전에 비해 열 배나 더하였다. 고생스럽지만 그럭저럭 한 달여를 지내었다.

채 노인은 조상님께 제사 드릴 날이 다가오는데도 제수●를 마련하지 못하였다. 풀이 꺾여 방 한 켠에 앉은 채 온갖 생각으로 마음만 태울 뿐이었다. 그때 한 심부름꾼이 돈 이백 냥을 실어 와 채생에게 바치는 것이었다. 바로 김 영감 집안에서 마련해 온 것이었다. 채생은 아버지의 가르침을 따라 사양하려는데 채 노인이 나서며 말했다.

"그 사람이 남의 어려움을 걱정하는 마음으로 우리의 제사 비용을 도운 것이니 인정이나 의리로 보아 완전히 마다할 순 없겠구나. 반은 돌려보내고 나머지 반만 받는 게 도리에 맞겠구나."

채생은 아버지의 말씀대로 따랐다.

다음 날 김 영감이 한 상을 떡 벌어지게 차려 채생에게 대접하였다. 채생이 이 역시 돌려보내려는데 채 노인이 나섰다.

"이런 대접에도 이젠 익숙해졌구나. 돌려보내 그 사람에게 낭패를 보일 순 없겠지. 이번만은 받아먹자꾸나. 다음에는 절대 가져오지 못하도록 하거라."

그리하여 온 가족이 함께 음식 잔치를 벌여 향기롭고 맛난 음식으로 실컷 배를 채우고는 우레가 울리듯 김 영감의 은혜에 감사하였다. 이때 김 영감이 가만히 채 노인에게 술잔을 권하였다. 채 노인은 한 번도 사양하지 않아 한껏 취하더니 목숨도 내줄 수 있는 친구가 되기로 하였다. 그리고 다시 아들을 불러 일렀다.

"네가 김씨 집안의 규수와는 원래 만나 본 적이라곤 없었지만 문득 부부의 인연을 맺었구나. 천생연분이 아니라면 어찌 이리될 수 있었을까? 네가 끝까지 멀리 버려두어 사람의 인생을 망쳐서야 되겠느냐. 오늘 밤은 매우 좋은 날이니 잠자리를 함께하고 돌아와도 좋겠구나. 그렇지만 머무를 생각은 말거라."

채생은 너무도 기뻐 그러겠다고 하였다. 김 영감은 두 번이나 절을 올리고 몇 번이나 사례하더니 얼른 건장한 말을 가져와 채생을 태워 집으로 보냈다. 그리고 자신은 혹시라도 채 노인의 마음이 바뀔까 싶어 일부러 머물러 있다가 해가 뉘엿해서야 돌아갔다. 채생이 다음 날 아침

제수 제사에 올릴 음식.

일찍 돌아와 아버님을 뵈었다. 채 노인은 어제 나누었던 말은 전혀 기억하지 못한 채 괴이쩍어하며 물었다.

"너는 무슨 일로 이리도 일찍 의관*을 차려입고 나갔다 온단 말이냐?"

채생이 사실대로 아뢰자 채 노인은 후회와 함께 부끄럽기도 하여 아들을 꾸짖을 수 없었다. 이로부터 채 노인은 모든 일을 아들에게 맡겨 하자는 대로 따르며 조금도 티를 내지 않았다. 옷이며 먹을거리, 제사 음식도 모두 김 영감에게 의지하였다. 김 영감도 매일같이 맛난 술을 준비해 채 노인과 속마음을 나누곤 하였다. 채 노인은 진즉에 가난에 찌들어 벌써 머리가 하얗게 셀 정도였다. 그런데 이제 가만히 앉아 마련해 주는 옷에 끼니 걱정도 없어진 데다 날마다 김 영감과 맘껏 마시는 것을 편안하게 여길 정도가 되었다. 도리어 지난날의 괴로웠던 시절을 생각하면 소름이 끼칠 지경이었다.

하루는 김 영감이 조용히 말을 꺼냈다.

"아드님이 저희 집을 왕래하는 것도 점점 사람들 눈에 뜨일까 걱정입니다. 이제 이별을 고하는 게 좋지 않을까 합니다."

채 노인은 깜짝 놀랐다.

"그렇다면 내가 우리 둘째 며느리를 집으로 몰래 맞아들여 사람들이 모르도록 하면 되지 않겠소."

"아드님은 젊은 나이에 벼슬도 안 한 데다 위로는 부모님이 계시고 아래로는 본래 부인도 있지요. 그런데 집안에 첩을 둘 수는 없는 일입니다."

"그러지 말고 묘책을 내셔서 저의 우매함을 깨우쳐 주시지요."

"제가 댁 옆에 집을 하나 별도로 지어 아침저녁으로 왕래하기 편하도록 하려는데 어르신의 생각에는 어떠실지 모르겠습니다."

"그렇게 하시겠다면 큰 집일 필요는 없고 종들도 한두 명에 창고도 적당한 크기로 마련하시지요. 저의 청렴하고 소박한 가풍을 지키고자 합니다."

"그럼 그러지요."

김 영감은 곧장 집으로 돌아가 목재며 인력을 모아 기와집을 세우는데 금세 널찍한 집터에 훌륭한 집 한 채가 완성되었다. 하지만 채 노인의 생각과는 너무도 다른 것이었다. 채 노인은 어찌할 수도 없어 간혹 쯧쯧 혀를 차며 김 영감을 탓하곤 하였다.

"집은 자손을 키우는 곳입니다. 그리고 제가 가만히 생각해 보니 어르신의 옥구슬과도 같은 성품과 재주가 세상에 쓰이진 못했지만 아드님과 어진 며느리는 마땅히 그 보답을 받을 터인데 어찌 널찍하고 훌륭한 저택이 없을 수 있겠습니까?"

김 영감의 이 말에 채 노인은 무척이나 기뻐하며 탓하기를 그만두었다.

집을 다 짓고 나서 건물의 완성을 축하하는 낙성식까지 마쳤다. 김 영감은 딸아이를 채생의 집으로 보내 예법에 따라 시부모와 본부인께 인사드리도록 하였다. 이로부터 새 며느리는 마련한 집에 머물면서 사흘마다 작은 잔치요 닷새마다 큰 연회를 베풀어 시부모님을 즐겁게 해 드렸

의관 남자의 웃옷과 갓이라는 뜻으로, 남자가 정식으로 갖추어 입는 옷차림을 이르는 말.

다. 또한 집안 노비들에게도 모두의 환심을 얻었다. 채생은 어머니께 아뢰었다.

"아버님과 어머님 두 분 모두 평생을 고생만 하시다가 이제 노년에 이르셨습니다. 저는 나이도 어리고 학문마저 이룬 게 없어 반드시 과거에 급제한다고 장담도 할 수 없습니다. 이제 조금이나마 부모님을 모실 방법이라고는 새집으로 거처를 옮겨 편안하게 부귀를 누리시도록 할 뿐입니다. 제 말씀대로 따라 주시길 원하옵니다."

"지금 내가 거처를 옮긴다면 김 영감 댁에서 나를 지조도 없는 사람으로 여기지 않겠느냐?"

"이런 생각은 김 영감 어른과 작은 며느리의 뜻입니다. 저는 말을 전하는 심부름꾼일 뿐이지요."

채생의 어머니는 자못 마음에 들어 채 노인의 의견을 물었지만, 그는 이렇게 말하였다.

"당신이 마음이 약해져 이런 쓸데없는 말을 다 하는구려."

이 말은 들은 채 노인의 아내는 발끈 성을 내며 소리쳤다.

"제가 당신과 혼인한 후로 칼날이 번뜩이는 물을 건너고 산을 넘듯이 살아 하루도 마음 편할 날이 없었다우. 지금 다행히도 의식이 풍족한 날을 만나 편안하게 거처하면서 마음도 놓을 수 있는 것은 작은 며느리의 덕택이 지대한 게죠. 게다가 이제 정성을 다해 나를 맞아들여 여생을 봉양한다니 무엇이 흠될 것이며 그 말을 따르지 않을 건 뭐란 말입니까?"

"그럼 자네나 가서 지내시게. 나는 초라한 집이나마 지키고 지내리다."

이에 채생의 어머니는 날을 잡아 살림을 옮겨 갔다.

채생의 부친은 가끔씩 새집을 찾아가 보곤 하였는데, 그럴 때면 수십 명의 하인들이 대문 머리에서 맞아 절을 드리고 좌우에서 모셔 별당으로 곧장 들도록 하였다. 이 별당은 바로 채 노인을 위해 지어 두고 간혹 왕래하며 거처하기에 편하도록 마련한 것이었다. 별당에 들어서자 온갖 도서가 시렁*에 가득하였고, 기이한 화초들이 화단에 심겨 있었으며, 심부름꾼들이 앞마당에 잔뜩 지키고 있다가 부르고 시키는 대로 응대하였다. 내실로 들어가 나이 든 아내를 찾아보아도 마찬가지였다. 채 노인은 한참을 앉거나 누워 지내며 차마 그곳을 떠나기 아쉬워했다. 끝내는 겨우 억지로 집에 돌아갔으나 쓰러져 가는 몇 칸 가옥만이 전과 다름없이 쓸쓸하였다. 그는 문득 이런 생각이 들었다.

'내 여생도 얼마 남지 않아 손가락 한 번 튕기면 지나갈 텐데 무엇 때문에 이렇게 괴롭게 지낸담.'

얼른 채생을 불러 이렇게 일렀다.

"내 홀로 빈집에 거처하면서 네게 식사를 날라 오도록 하는 것이 도리어 번거롭게 하는 듯싶구나. 게다가 일가 사람이 나뉘어 지내는 것도 만년에 더욱 어렵구나. 이제 새집에 함께 거처하며 단란하게 지내려는데 네 생각엔 어떠하느냐?"

채생은 너무도 기뻐 그날로 부친을 모셔오니 가정에 시샘하는 말도 없이 되었다.

시렁 물건을 얹어 놓기 위하여 방이나 마루 벽에 두 개의 긴 나무를 가로질러 선반처럼 만든 것.

김 영감은 도성 근처의 열 마지기 논 문서를 만들어 채생에게 주었다. 채생은 이제 집안 살림 걱정 없이 오직 과거 공부에만 힘을 쏟을 수 있었고, 오래지 않아 과거에 급제하여 공명을 세상에 드날리게 되었다고 한다.

[청구야담靑邱野談]

거지 양반 이야기

도둑 두령 진사님

영남* 지방의 어떤 진사*가 글솜씨와 지략이 빼어나 경상도 일대에서 칭찬이 자자하였다. 모두가 그를 도원수*의 재목이라고들 하였다.

어느 날 초저녁에 그가 마침 홀로 앉아 있는데 누군가가 준마를 탄 채 건장한 노비를 거느리고 왔다. 진사와 그는 한담을 나누기 시작했다.

"저는 만 리나 떨어진 바다 위의 섬에서 수천 명의 무리들과 함께 지내고 있습니다. 저는 복이 없는 팔자로 태어났는지라 다른 사람의 남는 물건이나 쌓아 둔 재물을 가져다가 쓰고, 먹거나 입는 것 모두를 남들에게 의지하고 있습니다. 우리 무리를 지휘하고 이끌던 대원수大元帥 한 분이 계셨는데 지금 그 분이 갑자기 돌아가시는 변고를 만나 이제야 겨우 장례를 마쳤답니다. 두령의 자리가 갑자기 비어 마치 용이 사라진 연못이나 호랑이가 떠나간 골짜기인 듯 삼천 명이나 되는 무리가 제각기 흩어져 질서가 없는 데다 농사를 짓거나 장사도 할 줄 몰라 살아갈 방도가 없습니다.

듣자하니 당신께서 세상에 드문 지략을 쌓아 사람을 구하는 재주를 지니셨다고 하더군요. 지금 제가 여기 온 까닭은 다름이 아니오라 그대를 모셔 대원수의 자리에 앉히고자 함인데 생각이 어떠신지 모르겠습니다. 혹여라도 주저하신다면 그대의 입막음을 하는 것은 손바닥 뒤집듯 쉽게 처리할 수 있겠지요."

그러고는 긴 칼을 빼어든 채 무릎 앞으로 가까이 다가오면서 위협하였다. 진사는 속으로 생각해 보았다.

'내가 절의를 지키는 선비로서 도적들의 두령 자리에 앉게 된다면 이만저만 부끄럽고 욕되지 않겠는가? 하지만 지금 이 장사의 칼에 목숨을 잃느니보다 잠시 이 한 몸의 명성을 욕되게 하여 한편으로는 눈앞의 화를 면하고 한편으로는 흉악한 무리의 습관을 교화*할 수 있다면 이 또한 임기응변이지만 도리에 맞는 것이 아니겠는가?'

그는 즉석에서 도적의 두령 자리를 흔쾌히 승낙하였다.

길손은 바로 자신을 소인小人이라 칭하면서 데리고 온 노비에게 분부를 내렸다.

"바깥에 매어 놓은 말을 끌어오너라."

영남嶺南 조령(鳥嶺) 남쪽이라는 뜻으로, 경상남도와 경상북도를 이르는 말.
진사進士 조선 시대에, 과거의 예비 시험인 소과(小科)의 복시에 합격한 사람에게 준 칭호.
도원수都元帥 고려·조선 시대에, 전쟁이 났을 때 군무를 통괄하던 임시 무관 벼슬.
교화 가르치고 이끌어서 좋은 방향으로 나아가게 함.

원래 두 마리 말을 끌고 왔는데 한 마리는 밖에 매어 놓았던 것이다. 진사에게 말에 오르기를 청하더니 말고삐를 나란히 하여 달려 나가는데 마치 회오리바람처럼 빨라서 얼마 지나지 않아 벌써 바닷가 어귀에 당도하였다. 그곳에는 붉은빛의 큰 배 한 척이 기다리고 있었다. 말에서 내려 배에 오르자 나는 듯이 바다로 나아가 어느덧 한 섬에 정박하였다. 배에서 내려 뭍에 올라 보니 성곽이며 누각이 늘어서 있었다. 그 모습이 완연히 감영監營이나 병영兵營과도 흡사하였다. 거기서부터 사람들이 어깨로 떠메는 가마에 앉아 가는데 앞뒤로 호위하는 자들이 늘어서서 따라왔다. 행차가 어느 대문으로 들어가자 진사를 대청 위에 놓인 높은 의자에 앉히고 수천 명의 무리가 차례대로 나아와 배알*하였다. 그 예식을 마치고는 큰 탁자 하나에 다과를 차려 내왔다.

다음 날 조회를 마치자마자 우두머리 군관軍官이 찾아왔다. 그는 조용히 꿇어앉아 이렇게 아뢰었다.

"지금 살펴보니 재물이 바닥나게 생겨 어떻게 처분해야 할지 모르겠습니다."

도둑의 두령이 된 진사는 드디어 여차여차하라고 분부를 내렸다.

당시 전라도에는 만석꾼 한 사람이 자신의 조상 무덤을 30리쯤 되는 곳에 두고 그곳을 보호하며 나무도 못 베도록 관리하는데 마치 재상 집 안에서 하는 것과 다름이 없었다. 어느 날 장례를 지내는 사람의 행차가 그 산지기 집으로 들어오는데 뒤로는 상복을 입은 사람 둘과 무덤 자리를 살피는 지관地官 둘이 있었고, 안장을 얹은 말과 종복들이 매우 호사스럽고 건장해 보였다. 필시 문벌 좋은 집안에서 묏자리를 잡으려는 행차임이 분명하였다. 산지기가 내려와 행차한 내력을 물어보니, 서울에 사는 아무개 댁 행차로 상주*는 교리*를 지냈으며, 상복을 입은 사람들도 모두 이름난 선비라고 하였다. 잠시 쉬고 나서 모든 일행이 만석꾼 조상의 무덤 뒤로 올라가서는 가장 윗자리의 무덤 혈맥 뒤로 세 걸음쯤 되는 땅에 패철*을 놓고는 이리저리 가리키고 평하다가 자리를 표시해 두고 내려오는 것이었다. 그들은 자리에 앉아 짐꾸러미에서 큰 종이 너댓 장을 꺼내 펼치더니 붓에 먹물을 적셔 문서를 쓰더니 곧바로 노비 하나에게 명하여 어느 어느 고을과 감영에 이것을 전달하고 일일이 답을 받아 오라고 하였다. 그러고는 산지기를 불러 말을 전하게 하였다.

"이 댁에서 새로 쓸 산소는 조금 전에 앉아 살폈던 땅으로 정하였네. 저 묘가 어느 댁 산소인지, 그리고 자네가 어느 댁 묘지기인지 모르는 바는 아닐세. 허나 산소를 쓰거나 못 쓰게 하는 것은 저나 나의 우열에 달린 것이니 자네가 상관할 일은 아니네. 장례 날은 아무 날로 택했으니 술이며 밥을 의당 미리 준비해 주게. 먼저 30냥을 줄 테니 이로써 쌀을 사고 술을 빚어 기다리게."

드디어 말을 달려 곧장 떠났다. 산지기가 비록 거절하려 했지만 어찌할 수 없어 바로 만석꾼에게 달려가 연유를 아뢰었다. 만석꾼은 코웃음

배알 지위가 높거나 존경하는 사람을 찾아가 뵘.
상주喪主 주(主)가 되는 상제(喪制). 대개 장자(長子)가 된다.
교리校理 조선 시대에, 집현전, 홍문관, 교서관, 승문원 따위에 속하여 문한(文翰)의 일을 맡아보던 문관 벼슬.
패철佩鐵 지관들이 쓰는 나침반.

을 치며 말하였다.

"저가 비록 세도가일망정 내가 막으려 들면 어찌 감히 여기에 산소를 쓴단 말인가. 장례를 치른다는 날짜에 이러이러할 터이니 너희들은 어디 가지 말고 기다리고 있거라."

그날 아침이 되자 만석꾼은 부리던 머슴 칠백여 명을 이끌고 가는데, 십 리 안에 있는 장정들 가운데 소문을 듣고 모인 사람들만도 오륙백 명에 이르렀다. 저마다 한 손에는 밧줄과 다른 손에는 몽둥이를 쥐고 산소로 모여들어 산과 들판을 가득 채울 지경이었다. 자원하여 참여한 사람 하나를 시켜 산 위에서 망을 보게 하고 집에서 빚은 술을 가져다 마시면서 무리를 지어 기다렸지만 해가 지도록 개미 새끼 한 마리 보이지 않았다. 삼경●이 거의 지날 즈음 멀리서 만여 개의 횃불이 너른 들판에서 이어져 오는 것이 보였고, 상엿소리●가 하늘에 쩌렁쩌렁 울리는데 그 형세가 마치 천군만마가 몰려오는 듯하였다. 바라는 보이지만 얼굴을 알아볼 수는 없을 정도의 거리에서 상여가 멈추자 산 위에 있던 장정들도 모두 신발을 고쳐 신고 몽둥이를 둘러맨 채 고함을 지르고 팔뚝을 걷어붙이며 싸울 준비를 하였다. 그러기를 한 식경●쯤 지났는데 시끄럽던 고함 소리가 점차 수그러들고 횃불의 불빛도 사그라들더니 점차 사람들이 사라지는 것 같았다. 산 위에 있던 사람들은 더럭 의심이 들어 급히 달려가 알아보게 하였더니 과연 사람이라곤 하나도 없이 텅 비었고, 횃불 모두가 가지 하나에 네다섯 개씩을 묶어 놓은 것이었다. 이런 정황을 급히 아뢰자 만석꾼은 그제야 무슨 일인지 깨닫고 이렇게 말하였다.

"내 집안의 재물과 곡식을 모두 잃어버리고 말았구나."

사람들을 이끌고 급히 달려 돌아가 보니 다행히 집안 사람들의 목숨은 상하지 않았지만 재물은 남김없이 싹 쓸어간 후였다. 이것이 바로 두령이 생각한 성동격서*의 계책이었다.

두령은 재물을 모두 빼앗아 간 다음 날 술을 빚고 소를 잡아 졸개들을 위로하였다. 그런 다음 이번에 얻은 것과 창고에 남은 재물을 앞마당에 한데 내놓아 쌓아 두고는 곧바로 창고의 장부 담당자를 불러 수를 헤아려 삼천 명에게 나누도록 하니 사람마다 백여 냥 정도가 돌아가게 되었다. 장군은 이에 한 통의 명령장을 돌려 보도록 하며 이렇게 알아듣도록 타일렀다.

"사람이 짐승과 다른 점은 오륜*과 사단*을 알기 때문이다. 너희들은 이런 교화를 받지 못한 사나운 백성들로 바다 한가운데 섬에 숨어 지내면서, 부모와 나라를 떠나 먹고 입기 위해 하는 일도 없이 그저 사람들을 위협해 재물을 빼앗는 것으로 생업을 삼고 있다. 그렇게 무리를 불러 모은 것이 셀 수 없을 정도요, 재앙을 일으켜 허물을 쌓은 것이 또한 몇 해인지도 모를 지경이다. 내가 이곳에 온 이유는 너희들의 악행을

경更 하룻밤을 다섯으로 나누어 부르는 시간의 이름. 3경은 11시에서 1시.
상엿소리 상여꾼들이 상여를 메고 가면서 부르는 구슬픈 소리.
식경食頃 밥 한 끼를 먹을 정도의 시간.
성동격서聲東擊西 동쪽에서 소리를 내고 서쪽에서 적을 친다는 뜻으로, 적을 유인하여 이쪽을 공격하는 체하다가 그 반대쪽을 치는 전술을 이르는 말.
오륜五倫 유학에서, 사람이 지켜야 할 다섯 가지 도리. 부자유친, 군신유의, 부부유별, 장유유서, 붕우유신을 이른다.
사단四端 사람의 본성에서 우러나오는 네 가지 마음인 인(仁), 의(義), 예(禮), 지(智)를 말한다.

도우려 함이 아니라 장차 너희를 교화해 선행으로 마음을 돌리고자 한
것이다. 비록 사람에게 허물이 있더라도 뉘우칠 줄 안다면 참으로 고귀
한 일일 것이다. 지금부터 행실을 바로잡고 마음을 고쳐먹어 저마다 자
기 고향으로 돌아가 부모를 봉양하고 조상의 산소를 지키며, 성인聖人의
교화를 받들어 이상향*에 귀의한다면 해상에서 횃불 든 도적 떼로 지내
는 것보다 낫지 않겠느냐. 게다가 나눠 준 재물이면 중인中人의 재산에
해당될 정도이니 농사를 짓거나 장사를 하더라도 부족할 걱정은 없을
것이다."

이에 무리들이 모두 머리를 조아리고 감사를 드리며 말했다.

"진정 분부하신 대로 따르겠습니다."

그 가운데 한두 명이 명령을 따르려 하지 않자 그 자리에서 군령軍令으
로 머리를 베었다. 그런 다음 성곽과 가옥을 불사르고 삼천의 무리를
거느려 바다 건너 육지에 올라 저마다의 고향으로 떠나보냈다. 진사 역
시 조용히 집으로 돌아가니 집을 떠난 지 한 달 반이 지나 있었다. 이웃
사람들이 어디를 다녀왔느냐고 물었지만 잠시 서울을 다녀왔다고만 대
답할 뿐이었다.

[청구야담靑邱野談]

이상향 인간이 생각할 수 있는 최선의 상태를 갖춘 완전한 사회.

재상이 된 도둑

고려 시대에 어떤 유생이 문장을 짓는 솜씨로는 당할 만한 사람이 없었지만 재산이라고는 한 푼도 없어 한 달이면 아홉 끼니나 먹을까 말까할 정도였고 해진 베옷도 제대로 갖추지 못하였다. 그래서 그는 힘써 글을 익혀 반드시 명성을 이루기로 다짐하여 책을 싸 들고 산사에 들어가 몇 달을 집으로 돌아가지 않은 적이 있었다. 그의 아내가 양식을 마련해 보내면서 편지도 함께 부쳤다.

"지난번에 보내 드린 쌀은 제 왼쪽 머리카락으로 마련한 것이고 이제 다시 남은 오른쪽 머리카락으로 얼마간의 쌀을 준비했습니다. 이후로는 자를 만한 머리카락도 없으니 우물에 몸을 던져 죽는 일만 남았습니다."

편지를 펼쳐 본 유생은 조용히 생각에 잠겼다.

'내가 부지런히 힘써 독서하는 것은 과거에 합격해 부귀를 이뤄 아내와 함께 누리고자 함이다. 그런데 지금 과거 합격은 이루지 못하고 조강지처*도 죽을 지경이라 하니 독서는 해서 뭣하겠는가.'

유생은 드디어 읽던 책을 거두어 집으로 돌아가 보니 그의 아내는 까까머리의 모습으로 앉아 있다가 남편을 보더니 얼굴을 가리고 울음을 터트렸다. 유생 역시 저도 모르게 마음이 아파 겨우 몇 마디 말로 아내를 다독여 놓고 밖으로 나와 마루에 앉아 하늘을 쳐다보며 길게 탄식을 하였다.

"아! 하늘이시여. 어째서 저를 이 지경이 되도록 만드신단 말입니까. 저의 문장이 어찌 다른 사람만 못하겠으며, 재주와 책략이 못 미친단 말입니까. 가문이나 기골도 남만 못하지 않습니다. 나이 서른이 되도록 과거에 못 오르고, 뱃속에 만권서를 독파하고도 굶주림 한 번 면하지 못하며, 붓을 들면 천 편 글을 써내지만 한 번 취할 술도 마련할 수 없습니다. 아내는 추위에 떨며 배를 곯고 있으니 어찌 저를 이 지경에 이르도록 하십니까!"

그러고는 곧 스스로 분발하여 말하였다.

"하늘이 내게 재주를 주신 건 분명 골짜기를 떠돌다 굶어 죽으라는 뜻은 아닐 것이다. 대장부로 태어나 빈궁하다고 해서 어떻게 품은 기개를 버려둘 수 있겠는가. 마땅히 처음 간직했던 마음을 더욱 힘써 지켜 작은 물이 모여 큰 강을 이루듯 될 날을 기다리리라."

그러다가 금세 탄식하였다.

"내 이미 곤궁하여 굶어 죽을 불구덩이에 빠져 재앙이 코앞에 닥쳐왔는데 어느 때 부귀해진단 말인가? 붓과 벼루를 태워 버리고 달리 생계를 마련하는 것만 못하겠다."

또다시 한탄을 하였다.

"온 백성의 생업으로는 선비, 농민, 장인, 상인 네 가지뿐이다. 지금 선비 노릇은 할 수 없게 되었고, 장인의 기술도 배운 적이 없으니 어떻게 갑자기 하겠는가. 단지 농사꾼과 장사꾼의 두 가지 방도만 남았지만 농사를 지을 만한 논밭이 없고 장사를 시작할 밑천도 없으니 생계를 꾸리고자 해도 무엇을 계획할 수 있단 말인가."

유생은 온갖 방도로 머리를 쓰며 한밤중까지 비통해하다 벌떡 일어났다.

"도적질밖에 없구나. 장부가 어찌 앉아서 죽기를 기다린단 말이냐!"

그는 곧 잰걸음으로 성문을 나서 숲이 우거져 인적이 드문 지역을 두루 돌아다니며 도적들의 소굴을 찾아보았다. 과연 수백 명의 강도들이 한데 모여 한창 노략질할 의논을 하고 있었다. 유생이 앞으로 나서며 곧바로 들어가더니 두령의 자리를 차지하고 앉았다. 도적들이 놀라며 물었다.

"당신은 뭐하는 사람이오?"

"나는 어느 고을의 아무개라 하오."

"무엇하러 온 게요."

"너희의 대장이 되련다."

"당신은 어떤 재주를 가졌소?"

"내 뱃속에는 중국 주나라의 강태공과 진나라의 황석공이 지은 병법

조강지처糟糠之妻 몹시 가난하고 천할 때에 고생을 함께 겪어 온 아내를 이르는 말.

서 『육도』와 『삼략』의 술법으로 가득하고, 손으로는 바람과 구름을 부린다. 유교, 불교, 도교의 삼교三敎는 물론 아홉 학파의 학설을 입으로 술술 외우고 천문과 지리도 손바닥 보듯 훤하다. 너희들이 나를 대장으로 삼는다면 하는 일마다 성공을 거둘 테고, 크게 잘되어 이익이 끝도 없으리라."

도적들이 서로를 돌아보며 말했다.

"이렇듯 장담을 하니 필시 실없지 않을 것이오. 또한 선비의 집안이라 하니 두령이 되기에도 합당할 것이오."

"너희가 이미 나를 두령으로 삼았으니 응당 대장과 졸개의 예법을 행해야겠구나."

무리들이 유생을 모셔다 높은 언덕 위에 걸터앉히고 저희들은 아래에 늘어서서 절을 올렸다.

"군대에 기강과 규칙이 없어서는 안 된다. 명령을 내었는데 어기는 자는 엄히 다스리겠다."

"대장님의 명령을 누구라고 어기겠습니까?"

"무릇 도적질 하는 도리에는 반드시 지혜로움, 인자함, 용맹함의 세 가지 덕성을 갖춰야 한다. 지혜로움이란 사정에 따라 계획을 세워 깊숙이 숨겨둔 것을 찾아낼 수 있음을 말한다. 인자함이란 사람과 물건을 해치지 않으며 차마 해선 안 될 일을 하지 않는 것이다. 용맹함이란 일이 닥쳤을 때 과감하게 행동하며 떨거나 두려워 하지 않는 것을 말한다. 담을 넘고 집을 뛰어다니며 다녀간 흔적도 남기지 않는 것은 용맹함의 다음가는 덕성이다. 이 세 가지를 갖추고 나서야 훌륭한 도적이라 말할 수 있다. 지혜로움은 때에 맞춰 발휘되는 것이고 용맹함도 저마다 타고난 소질에 달린 것이니 오직 인자함만이 위대한 것이다. 규칙을 분명하게 정하지 않을 수 없으니 너희는 모두 따르거라."

도적들은 두 손을 모아 예를 갖추고 나서 앉았다.

"빼앗아선 안 될 세 가지 재물이 있다. 첫째는 양민의 재산이다. 평범한 집안에서 부자父子와 형제들이 손과 발에 굳은살이 박여 가며 부지런히 밤낮으로 농사일을 해서 겨우 모아 둔 재산을 빼앗는 것은 인자한 일이 아니다. 둘째는 상인들의 보물이다. 바람과 눈을 맞으며 돌아다니고 안개와 이슬 내리는 곳에서 자며 험한 산길을 넘어 사방으로 천 리 길을 달려 고생한 세월 동안 얻은 얼마 안 되는 이득을 빼앗는 것은 인자함이 아니다. 셋째는 관아의 창고에 쌓인 물건이다. 이는 만백성의 땀과 피로 마련해 국가에서 쓸 것인데 이를 훔친다면 나라의 경비가 부족하게 되어 백성들의 피와 땀을 더욱 가혹하게 빼앗을 것이니 이야말로 가장 할 수 없는 짓이다. 이 또한 빼앗아선 안 된다.

훔칠 만한 것은 오직 지방 고을에서 임기를 마치고 돌아가는 관리의 짐 보따리와 권문세가의 뇌물 보따리이다. 이는 모두 국가의 물건으로 저들이 몰래 훔친 것이다. 국가의 물건은 마땅히 나라 사람들과 함께 나눠야지 한 사람이 독점하게 해서는 안 된다. 게다가 저들이 이미 훔친 것을 우리가 다시 가져가는 것이니 명분이 바르면서도 의리에 맞는 일이 아니겠느냐?"

무리들 모두가 손뼉을 치며 좋은 일이라고 떠들었다.

"지당하시고도 지당하신 말씀입니다."

곧 무리들에게 지방 고을에서 개인의 물건을 싣고 길을 나서는 행차를 살펴보도록 하였다. 소식을 알려 오면 유생은 기이한 계책을 내고 자세한 방법을 알려 주어 과연 뜻대로 되지 않는 적이 없었고 발각되지도 않으니 무리가 모두 기쁘게 따랐다. 유생은 노략질한 재물로 곤궁한 이들을 도와주고 남은 것은 도적들에게 나눠 주니 모두가 칭송하였다. 유생의 이웃 사람들은 그가 하는 일을 눈치채지 못하였다.

이렇게 몇 해가 지나 유생은 다시 모든 도적들을 어느 외딴곳에 모아 놓고 말했다.

"우리들이 이러한 재주를 부린 까닭은 입을 것과 먹을 것을 마련하고자 했을 뿐이다. 남의 재물을 조금씩 빼앗아 보아야 손을 겨우 적실 정도이고, 도적질을 할 적마다 늘상 근심과 걱정을 품고 있었다. 한바탕 크게 재물을 빼앗아 평생 살아갈 걱정을 없애고 오래 묵은 나쁜 버릇은 영원히 고쳐 마음에 거리낌 없이 하고픈 대로 사는 것도 옳지 않겠느냐?"

무리들은 모두 엎드려 대답하였다.

"너무도 좋습니다."

"그렇다면 너희들은 한양에 가서 재물을 넉넉히 모아 둔 사람이 누군지 알아보고 보고하여라."

며칠이 지난 뒤에 한 도적이 와서 아뢰었다.

"도성 안에 아무개 관리의 집이 매우 부유하여 다락방 위에 삼천 냥의 은을 담아 놓은 궤짝이 너덧 개나 됩니다. 다만 그 집은 앞으로 큰길에 접해 있고 좌우로 민가가 이어졌으며 뒷담은 거의 두 길 높이나 됩니다. 게다가 문과 벽이 겹겹이 막고 둘러 깊숙한 곳에 자리를 잡고 있어 참으로 손을 쓰기가 어렵습니다."

"아무개라는 사람은 본래 탐욕스럽게 재물을 모았으니 이는 진정 빼앗을 만하구나. 그 집 뒷담 밖에 어쩌면 통행하는 길이 있지 않겠는가?"

"굽은 골목과 작은 길이 큰길로 통해 있습지요."

"그렇다면 쉽게 처리할 수 있겠구나. 저들이 열 겹의 철문을 막고 있다 한들 누가 나의 날아 들어가는 재주를 막을소냐."

곧 십여 사람을 시켜 강가에 가서 물살에 갈려 둥글고 매끈하며 무늬가 있는 계란만 한 크기의 돌멩이를 사람마다 열 개씩 주워 오도록 하였다. 또 다른 십여 명에게는 그 돌멩이를 나누어 담도록 하고 이렇게 명하였다.

"너희는 몸을 숨겨 그 집 담장 밖에 가 있다가 돌멩이를 던지거라. 첫 날에는 한 차례, 둘째 날엔 두 차례씩 날마다 한 번씩 수를 늘리되 다섯째 날 이후로는 다섯 차례를 넘기지 말 것이며 반드시 틈을 엿봐 사람들이 알아채지 못하도록 해야 한다."

그 집으로 돌멩이가 담장 밖에서 날아드는데 날마다 그치지 않았다. 장독을 쳐서 깨뜨리기도 하고 사람의 머리에 맞아 상처를 내기도 하는데 돌멩이가 모두 둥글고 매끄러우면서 무늬가 섞인 것들이었다. 처음에는 담장 밖에서 장난으로 던지는 것이려니 여겨 집안 사람들이 시끌벅적하게 욕을 해 댔다. 그러나 곧 괴이한 일로 여겨 온 집안에서 놀라고 두려워하며 집에 귀신이 붙었다고들 하였다. 도적이 와서 보고하였다.

"그 집에서 맹인을 불러다 점을 친답니다."

며칠이 지나 다시 보고하였다.

"귀신을 쫓는 경문을 외운답니다."

다시 소식을 알려 왔다.

"집을 나가 재앙을 피하려고 한창 의논들을 하고 있습니다."

또 며칠 뒤에 와서 말하였다.

"결국 온 집안이 떠나 피신하고 노비 몇 사람만 남겨 주인의 거처를 지키고 있습니다."

"되었구나."

그는 곧장 상여 다섯 수레를 꾸며 장례에 사용하는 도구들을 갖추고, 숨겨둘 만한 곳에 나누어 두었다. 그리고 장정 백여 명에게 그 집 대문 밖에 숨어 있다가 상여 멜 준비를 하도록 하였다. 또한 몸이 날랜 몇 사람을 뽑아 뒷담을 넘어 들어가 어둑한 곳에 숨어 있다가 약속한 시간에 맞춰 대문을 열도록 하였다. 힘이 좋은 장사 두 명은 사나운 도깨비로 분장시켜 얼굴과 몸에 무명천을 두른 채 삼지창을 손에 들고 안채에 우뚝 서서 큰 소리를 지르도록 시켰다.

집을 지키던 사람들이 잠결에 화들짝 깨어나 보니 푸른 얼굴에 붉은 머리카락의 귀신이 호랑이가 포효하듯 소리를 지르고 있어 놀라 쓰러져 정신을 잃고 깨어나질 못하였다. 이때 숨어 있던 사람들은 대문을 활짝 열고 무리들을 끌어들여 별 탈 없이 다락방의 자물쇠를 열었으니, 들쳐 메고 나온 은화는 몇 만 냥이나 되었다. 그들은 은화를 상여에 나누어 싣고서 장례에 쓰는 방울을 흔들고 상엿소리를 외치며 앞뒤로 줄을 지어 성문을 빠져나갔다. 인적이 드문 교외에 이르러 궤짝을 부수어

은을 꺼냈다. 유생 자신은 천 냥을 갖고 나머지를 무리에게 나누어 주니 저마다 집안 살림을 꾸리기에 넉넉하였다.

그러고는 차례대로 늘어 앉아 하늘을 향해 맹세하였다.

"훗날 이전에 행하던 도적의 길을 감히 다시 밟는 자가 있다면 하늘님은 반드시 죽임을 내리소서."

그러고는 자신들의 병장기와 집기를 모두 모아 불사른 다음 저마다 흩어져 떠나갔다. 유생은 그 후로 다시는 의식을 마련할 걱정 없이 오로지 학업에만 마음을 기울여 몇 년도 되지 않아 장원으로 과거에 급제하였다. 글 짓는 솜씨와 명석한 재주로 조정의 대신들에게 명성을 얻어 연이어 큰 고을을 맡아 다스렸고, 몇 차례 변경의 수비를 맡았으며, 청백리*로도 세상에 이름을 날렸다. 훗날 지위가 재상의 품계에 이르러 형조 판서까지 지냈다.

재물을 잃은 아무개 관리는 이미 은화를 도둑맞고 집안의 법도가 점점 무너져 다시는 회복하지 못한 채 죽음을 맞았다고 한다. 그의 자식도 죄를 범해 옥사에 걸려 죽게 될 참이었다. 유생이 이런 사실을 알고 직접 사건 기록을 살펴보았지만 도무지 살려 낼 방도가 없었다. 이에 그는 자리를 물러나와 임금께 이렇게 글을 지어 아뢰었다.

"신은 젊어서 굶주림과 추위에 몰려 도적들의 소굴인 녹림당에 몸을 맡겨 아무개의 재산을 빼앗아 제 한목숨을 보전할 수 있었습니다. 다행

청백리 재물에 대한 욕심이 없이 곧고 깨끗한 관리.

스럽게도 저는 과거에 급제해 분에 넘치게 임금의 큰 은혜를 입었습니다. 만일 이 사람이 아니었다면 신은 골짜기에 굶주려 묻힌 지 오래되었을 것입니다. 어떻게 오늘과 같은 날이 있을 수 있었겠습니까? 저의 지난날 행실이 바르지 못하였고 나라의 기강을 흔드는 죄를 앞서서 범하였으니 만 번 죽더라도 속죄하기 어려우며 어떤 형벌이라도 진정 달게 받겠습니다. 부디 원하옵건대 저의 관직을 모두 거두어들여 이 사람을 속죄해 주시고, 저는 물러나 죽음으로 형벌을 받겠으니 나라 사람들에게 보이십시오. 그러나 수백 명의 도적이 일시에 흩어져 국가에 도적의 출몰을 알리는 경보가 없게 되고 백성들이 재산을 빼앗길 재앙도 면하게 된 것은 실로 이 사람이 쌓아 둔 재산의 힘이었습니다. 이로써 아무개의 죄를 감하여 살릴 수 있도록 의논해 주소서."

임금은 이 글을 신하들에게 내려 의논하게 하였다. 모두들 이 신하가 평소에 충성되고 근면한 행실이 분명하였기에 젊은 시절의 잘못을 개과천선한 다음까지도 추궁하고 책망할 수는 없다고 여겼다. 그래서 조정에서는 아무개의 자식도 죽음을 면하도록 허락하였다.

[잡기고담雜記古談]

재주꾼 이야기

아전의 꾀주머니

호남* 지방에 정사를 엄하게 다스리며 가혹한 형벌을 집행하던 원님이 있었다. 고을 사람들 모두가 두려워 떨었는데, 목숨이 아침이나 저녁도 기약하지 못할 듯하니 가만히 숨을 죽이고 살금살금 까치발로 지나다닐 뿐이었다.

어느 날 수리*가 관아의 아전과 하인들을 불러 모아 의논하였다.

"관아의 정사가 예전과 다르고 형벌도 잔혹하여 벼슬살이가 하루 내내 참으로 고달프기만 하네. 몇 년을 이렇게 지내면 우리들은 장차 씨도 남지 않을 뿐 아니라 고을 사람들도 모두 뿔뿔이 흩어지고 말걸세. 이처럼 해서야 어떻게 마을을 유지할 수 있단 말인가. 함께 일을 꾸며 원님을 쫓아내야 하지 않겠는가?"

이때 어떤 아전이 여차여차하면 어떻겠냐고 의견을 내자 사람들 모두가 매우 기뻐하며 이구동성으로 말했다.

"자네의 꾀가 매우 신통하네."

드디어 서로가 한참을 논의하여 약속을 맺고 흩어졌다.

어느 날 원님이 아침에 일어나 관원들과 조회를 마치고 나서 마침 공무公務가 없어 홀로 책을 보고 있었다. 그런데 젊은 통인° 하나가 앞으로 다가오더니 생각지도 않게 손바닥을 들어 자신의 뺨을 내려치는 것이 아닌가. 원님은 너무나 화가 치솟아 다른 통인을 불러 그놈의 머리채를 잡아 끌어오도록 했지만 통인들은 서로의 얼굴만 쳐다보고 머뭇거리며 누구 하나 명령을 듣지 않았다. 다시 급창°과 사령°들을 불러 보았지만 대부분 명을 따르지 않은 채 입을 가리고 웃으며 수군거렸다.

"원님께서 실성°이라도 하신 건가? 통인이 원님의 뺨을 때렸을 리가 있는가."

원님은 원래 성질이 조급한 데다 분노가 치밀어 올라 창문을 열어젖혀 책상을 던지며 고래고래 소리치니 행동이 해괴하고 내뱉는 말도 종잡을 수가 없었다.

통인들이 책방°에게 다투어 달려가 사실을 아뢰었다.

호남 전라남도와 전라북도를 아울러 이르는 말.
수리首吏 우두머리 아전.
통인通引 관리의 곁에서 잔심부름을 하던 아전.
급창及唱 조선 시대에, 관아에 속하여 원의 명령을 받아 큰 소리로 전달하는 일을 맡아보던 사내종.
사령使令 조선 시대에, 각 관아에서 심부름하던 사람.
실성 정신에 이상이 생겨 본정신을 잃음.
책방冊房 원님의 비서를 맡아보던 사람.

"원님께서 갑자기 병환이 나신 모양입니다. 마음의 안정을 찾지 못하시고 미친 듯 발작하여 헛소리를 하시는데 보고 있자니 대단하더이다."

원님의 자제와 다른 책방들도 황급히 달려와 보니 일어났다 앉았다 하며 손으로 책상을 두드리거나 창과 방문에 발길질을 하는 등 행동거지와 소리치는 품이 매우 수상하였다. 원님은 책방들이 올라온 것을 보고 통인이 뺨을 때리고 관리들이 명을 따르지 않은 사정을 말하는데 분한 기운 탓에 조리가 없었다. 게다가 마음에 불길이 솟아 눈동자가 발갛게 충혈되고 온몸에 땀이 흘러 입에 거품까지 물었으니 책방들은 이런 모양을 보고 미친병이 났다고 하는 데 의심의 여지가 없었다. 더군다나 통인이 따귀를 때렸다니 직접 본 사람이 없는 데다 사리를 따져 보아도 있을 리가 없는 일이었다.

결국 자제들이 가까이 나아가 가만히 아뢰었다.

"대인大人께서는 편안히 앉아 마음을 다스려 보십시오. 통인들이 아무리 몰지각하고 예의가 없다고 하더라도 어찌 뺨을 칠 리가 있단 말입니까. 아무래도 병환 때문인가 합니다."

원님이 다시 분노를 참지 못하고 고래고래 꾸짖었다.

"네 놈들은 내 자식이 아니다. 너희도 통인배와 짠 모양이로구나. 얼른 나가서 다시는 내 앞에 나타나지 말거라!"

아들은 바로 고을 의원을 맞아다 진맥을 보고 약을 짓도록 하였지만 원님은 한사코 물리치며 말하였다.

"내가 무슨 병이 있다고 약을 쓴단 말이냐!"

그러고는 의원을 꾸짖고 약을 던지며 하루 종일 펄쩍펄쩍 뛰었다.

책방 이하 모든 사람들이 병환이 생긴 것으로 알았으니 누군들 다시 원님의 말을 귀담아들으려 하겠는가? 원님은 오늘도 이렇게 지내고 내일도 이렇게 지내며 잠도 잊고 식사도 걸러 진정 미친병이 날 지경인지라 고을의 백성들 중 이 일을 모르는 이가 없었다.

전라도 감사가 이 일을 전해 듣고 그를 바로 장파*하였다. 원님이 어쩔 수 없이 짐을 꾸려 상경하는 길에 감사를 찾아뵙자 감사가 물었다.

"듣자 하니 병환이 있다던데 지금은 어떠한지요?"

"제가 진짜 병이 있는 것이 아니랍니다."

원님이 이렇게 사건의 자초지종을 꺼내려는데 감사가 갑자기 손을 저어 말리면서 말하였다.

"그 증세가 다시 나려는가 보오. 얼른 길을 떠나시오."

그래서 감히 말도 마치지 못한 채 인사를 드리고 물러나고 말았다.

집으로 돌아온 원님이 가만히 당시의 일을 생각하다가 분노와 한스러움을 이기지 못하여 말을 꺼내려 하면 집안 사람들이 예전의 병이 다시 재발하는 것으로 여겨 바로 의원을 부른다, 약을 짓는다 하는 통에 종내 입가에 발설하지도 못하곤 하였다.

원님은 늘그막에 이르러 이렇게 생각하였다.

'이제는 세월도 많이 흘러 이미 옛날 일이 되었으니 비록 말을 꺼낸다 한들 병이 재발했다 여길 턱이 있으랴?'

장파狀罷 고을 원이 죄를 지었을 때 감사가 임금께 장계를 올려 파면시키던 일.

이에 아들들을 모아 놓고 말을 꺼냈다.

"어느 해 어느 고을에 부임했을 적에 통인들이 뺨을 때렸던 일을 너희 들은 지금껏 미친병으로 알고들 있느냐?"

아들들이 깜짝 놀라 서로 돌아보았다.

"아버님 이 증세가 오래도록 나타나지 않다가 이제 갑자기 다시 일어 나니 이를 어찌한단 말입니까?"

모두가 근심하고 초조해하는 모습을 보이자 원님은 그만 말도 꺼내지 못하고 그만 한바탕 웃더니 그만두었다. 그는 죽을 때까지 본심을 밝히 지 못한 것을 원통해하였다고 한다.

[청구야담青邱野談]

재담꾼 김인복

　김인복은 말재주가 좋고 우스갯소리를 잘하였다. 그가 젊은 시절에 길에서 다른 지방에서 온 가난한 선비를 만났다. 그 선비는 수정으로 갓끈을 만들어 매고 있었는데 갓끈이 너무도 짧아 겨우 턱을 두를 수 있을 정도였다. 김인복은 말을 멈추고 채찍을 들어 선비에게 읍하며 말하였다.

　"아름답습니다! 당신의 갓끈은 천하의 빼어난 보물이로군요. 청컨대 재산을 거두어 그 갓끈을 샀으면 합니다."

　"당신의 집은 어디인가요?"

　"저의 집은 숭례문 밖 청파리에 있습니다. 당신께서 내일 새벽에 저를 찾아주시기 바랍니다. 배다리 근처에서 '김인복의 집이 어디 있습니까?' 하고 물으시면 길에서 모르는 사람이 없답니다."

드디어 약속을 정하고 헤어졌다.

다음 날 아침 김인복이 잠자리에서 일어나기도 전인데 선비는 벌써 문 앞에 찾아와 있었다. 김인복은 마루 끝에 나가 앉아서는 밭머리°에 자리를 마련해 주고 선비더러 앉으라 하였다. 그리고 말을 꺼내기 시작하였다.

"우리 집안에 논이 하나 있는데 동쪽 성곽의 홍인문 밖에 있다오. 한 말의 씨를 뿌리면 한 해에 곡식 세 섬을 거둔답니다. 우리 집안에는 크고 건장한 소도 한 마리 있습니다. 봄철 이삼월이 되어 토지에 한창 물이 오르고 샘물이 비로소 흐르기 시작할 때면 소 등에 쟁기를 얹어서 논을 갈아 흙을 뒤집고 물을 댄답니다. 올벼° 열다섯 말을 심는 논이 수십 곳이나 된답니다. 팔월 가을이 되어 논 전체에 노오란 구름 같은 벼가 고개를 숙이거든 초승달마냥 휘어진 낫을 잡아 들고 벼를 베어다가 방아질을 하고 키질을 하면 쌀알이 옥이 구르고 구슬이 튀는 듯하답니다. 불을 때서 밥을 지어 놓으면 윤기가 숟가락에 흘러넘치고 찰기가 혓바닥에 감돌지요.

지금 당신이 앉아 있는 밭으로 말하자면 땅이 기름지고 비옥해 상추를 심기에 가장 맞춤이랍니다. 삼월에서 사월로 넘어갈 즈음에 밭을 일궈 퇴비를 놓으면 비와 이슬이 젖어 들어 상추 잎은 파초° 잎만큼 커지고 얄상하면서도 부드러워 비췻빛이 붉은 쟁반에 넘실거린답니다.

봄볕이 한창 따스해지면 늘어세운 장독에는 고추장이 기름져서 달기가 벌꿀 같고 빛깔은 핏빛 같지요. 인천과 안산 앞바다에서 그물을 던져 밴댕이°를 잡아 와서는 저자에서 파는데 이놈을 사다가 구워 가며 기름장을 칠하다 보면 향기가 코를 찌르지요.

이때 손바닥에 상추 잎을 펼쳐 놓고 올벼로 지은 쌀밥을 숟가락으로 떠서는 달고 붉은 장을 발라다가 그 위에 잘 구운 밴댕이를 얹어 마치 부산포의 일본 봉물장수 짐바리●처럼 쌈을 싸서 혜임령 장사꾼이 짐을 받들듯 양손으로 들고, 보신각의 파루 후에 숭례문 열듯 입술을 펼쳐 입을 쩌억 벌린답니다.

이럴 때 갓끈이 너무나도 짧은 탓에 끊어져 수정 구슬이 땅에 쏟아질 것이니, 우리 집안이 비록 함경도 가는베에 전라도와 충청도의 면화며 평안도의 명주●, 남경 지방의 비단, 요동 지역의 융단●이 일곱 칸 누대 위에 층층이 쌓여 있다고 한들 내 그 갓끈을 살 수는 없겠네."

선비가 턱이 벌어져 침이 흐르는 줄도 모른 채 그 말을 듣다가 그제야 놀리는 말인 줄 알고 물러나고 말았다.

김인복이 일전에 담비 가죽으로 만든 이엄●을 쓰고서 시장 거리를 지

밭머리 밭이랑의 양쪽 끝이 되는 곳.
올벼 제철보다 일찍 여무는 벼.
파초 바나나와 비슷한 풀. 높이는 2미터 정도이며, 잎은 뭉쳐나고 긴 타원형이다. 여름에 노란색을 띤 흰색 꽃이 피고 열매는 육질의 원기둥 모양이다. 중국이 원산지로 따뜻한 지방에서 자란다.
밴댕이 청어과의 바닷물고기. 몸의 길이는 15센티미터 정도로 전어와 비슷하며 등은 청흑색, 옆구리와 배는 은백색이다. 한국, 일본 등지에 분포한다.
짐바리 말이나 소로 실어 나르는 짐.
명주 누에고치에서 뽑은 가늘고 고운 실로 무늬 없이 짠 천.
융단 양털 따위의 털을 표면에 보풀이 일게 짠 두꺼운 모직물로 마루에 깔거나 벽에 건다.
이엄耳掩 모자 밑에 쓰던 모피로 만든 방한구.
금리禁吏 금령을 범한 사람을 잡아들이는 아전.

나가다가 사헌부의 금리°와 마주친 적이 있었다. 금리가 그의 옷깃을 잡아채 시장의 가게에 끌어다 놓고는 사헌부에 고발할 참이었다. 김인복이 팔을 걷어붙이고 주먹을 휘두르면서 말을 하였다.

"내 너희들을 죽여 주마."

금리가 말하였다.

"나는 사헌부의 금법을 규찰하는 아전이다. 네가 나를 죽인다 한들 어디로 달아나겠느냐?"

"내가 너희 사헌부의 스물네 명 감찰 보기를 개가죽 버려두듯 하찮게 여긴다. 거기에 지평° 둘, 장령° 둘, 집의° 하나, 대사헌° 하나가 모두 우리 집안의 조카들이다. 뿐만 아니라 개국공신에 정사공신과 좌리공신이며 좌명공신까지 대부분이 우리 집안에서 훈공이 있는 문벌일세.

내 지금 주먹을 휘둘러 너의 머리를 박살내어 길 한가운데 널브러져 죽거든 너희 친족들이 나를 고소해서 잡아넣겠구나. 그리되면 온 도성에 사는 나의 친구며 친척들이 저마다 술을 담은 호리병과 안줏거리를 마련해서 내게 대접하며 위로할 게야. 나야 그 술에 취해 감옥에 누워서는 우레가 치듯 드르렁 코를 골며 잠이 들겠지. 그러면 해당 관서에서 법에 따라 합당한 형률을 논하겠지만 나는 훈신 집안의 적장자라 사형을 면하고 형률에 따라 저 멀리 삼수갑산°으로 유배나 보낼 것이다. 이때에 서울의 친구들이 저마다 기녀와 악공들을 거느리고 동쪽 성곽 근처에서 나를 전별할 터이고, 나는 우편과 물건 나르는 역마를 타고서 유배지에 도착해서는 오랑캐 땅에서 나는 담비 가죽 이불을 끌어다 덮고 해송죽°을 후루룩 마시며, 백두산의 사슴 고기를 육포로 떠 놓고 압록강 물고기로 회를 쳐서 맛보고 있겠구나. 그러다가 나라에 큰 경사가 생겨 왕세자라도 탄생하시면 팔도에 유배 간 사람들에게 사면령*이 내려와 금계* 깃발이 넘쳐나 풀려 돌아오겠지. 내가 돌아오다 서울의 동교에 이르면 동교 길가에 무덤의 봉분이 줄줄이 늘어서 있겠구나. 무덤 주인이 누구냐고 물어보면 다들 '사헌부 금리 아무개가 아무개 씨에게 죽임을 당하고는 여기에 뼈를 묻었답니다'라고 하겠지. 그렇다면 자네는 죽고 나는 살았으니 누가 득실이 있겠느냐?"

이 말을 들은 금리는 박장대소를 하며 말하였다.

"지금 사헌부에는 아뢰지 않으리니 다만 지금 했던 말이나 다시 들려주시게나."

[어우야담於于野談]

지평持平 고려 말기·조선 전기에, 사헌부에 속한 종오품 벼슬.
장령掌令 조선 시대에, 사헌부에 속한 정사품 벼슬.
집의執義 고려 말기·조선 전기에, 사헌부에 속한 정삼품 벼슬.
대사헌 조선 시대에, 사헌부에 속한 종이품 벼슬. 정사를 논하고 백관(百官)을 감찰하며 기강을 확립하는 따위의 업무를 맡아보았다.
삼수갑산 우리나라에서 가장 험한 산골이라 이르던 삼수와 갑산. 조선 시대에 귀양지의 하나였다.
해송죽海松粥 잣죽.
사면령 죄를 용서하여 형벌을 면제한다는 명령.
금계金鷄 사면을 알리는 금빛 장식의 닭 문양.

재물 이야기

어려운 일 세 가지

조삼난趙三難은 충청도 명가의 자손이었다. 하지만 그의 집안은 대대로 가난하였고 어릴 적 부모님이 일찍 돌아가셔서 늦도록 장가도 들지 못하였다. 그의 형은 글공부는 하였지만 세상 물정에 어두워 생계도 마련하지 못해 주린 배를 술 빚은 찌꺼기로 채우는 일이 마치 먹고산다는 집에서 고기 먹듯 잦았다. 동생인 삼난이 나이 서른이 되자 형은 주변 친구에게 도움을 청해 혼인 준비를 갖추고 적당한 혼사처를 구하였으나 궁한 사람이 정한 배필이라 궁한 짝을 만나기 마련이었다. 장가드는 날 항아리는 텅 비어 부엌에 밥 지을 불도 때지 못할 형편이었다. 아내가 말하였다.

"가산이 이러니 어떻게 살아간다지요?"

"내게 계획이 있긴 한데 자네 따라 주겠는가?"

"죽는다 해도 피하지 못할 상황에 살아갈 방도를 어찌 사양하겠습니까."

"가난에 고통이 이만저만 아닌데 저 혼수를 어디 쓴단 말이오. 이 물건들을 내다 팔면 서너 꿰미 돈은 될 게요. 자네와 멀리 달아나 큰길가에 집을 하나 마련해 자리를 잡고 우선 술독을 장만해 주막이라도 시작하자구. 이익이 생기거든 이자를 놓아 재산이 조금 불어나면 가게를 넓혀 지읍시다. 거기에 안방을 정갈하게 마련해 주막을 알리는 깃대를 높이 걸고 나그네들이 함께 묵는 봉놋방을 널찍하게 열어 말구유며 마구간도 준비해서 남북으로 장사 다니는 사람들을 맞이합시다. 나는 술청지기를 맡고 자네는 주모가 되어 십 년을 기약으로 힘써 보는 게요. 그렇게 해서 몇 만금의 재산을 모아 예전의 집안을 회복한다면 어떻겠소."

"참으로 어렵겠네요."

"어려움 없이 어찌 쉬운 일만 도모한단 말이오."

"그렇다면 한번 따라 보지요."

그렇게 혼수를 내다 팔아 짐을 꾸려서 남편은 지고 아내는 머리에 이고 한밤중에 도망을 쳤다.

형은 집안이 가난해서 동생이 견디지 못하고 이렇게 가문에 잘못을 저지른 것이라 생각하며 글 읽을 생각도 잃고 사람도 만나지 않았다. 그렇게 오륙 년을 지나니 살아갈 방도가 더욱 곤궁해져 풀기운으로 연명한 기색이 가득했고 온몸에는 땟물이 흐르고 끈 떨어진 갓에 해진 신발을 신은 꼴이 완전히 거지의 모습이었다. 이에 처자식들에게 형편에 따라 살아가라 부탁하고 자신은 동생의 행적을 찾아 이곳저곳을 돌아다니며 온갖 고생을 겪었다.

형님의 발길이 전주全州의 만마관萬馬關에 이르러 보니 관문 안에 있는 큰 주점의 주모가 퍽 아름다웠다. 발걸음을 멈추고 자세히 쳐다보는데 그 사람은 바로 동생의 아내였다. 혹여 닮은 사람인가 여겨 행동거지를 자세히 살폈지만 분명 다른 사람이 아닌 제수씨였다. 드디어 탄식을 하며 술집으로 들어가 앉았다.

"제수씨, 어찌 이리되었소?"

"아주버님께서는 따지자고 오신 겁니까?"

"내 길이 고되어 목이 마르니 우선 한 잔 들이켜 속이나 달랩시다."

그렇게 한 잔 마시고 나서 다시 물었다.

"동생은 어디 있소?"

"마침 흥정할 일이 있어 몇 리 떨어진 장터에 갔답니다."

"나는 동생 때문에 길을 떠난 것이니 지금 그 애가 돌아오길 기다렸다 밤새 보고 가렵니다."

"그러시다면 봉놋방에 드시지요."

한참 있으려니 아우가 짧은 가죽옷에 행인들과 짐바리를 실은 말 수십여 필을 몰고 우르르 들어오더니 짐을 풀어 두고 말을 매어 먹이를 주는데 미친 사람처럼 모자에 먼지가 수북하였다. 형은 방에 앉아 그 광경을 보다가 일이 끝나길 기다려 동생을 불렀다.

"애야! 너 어찌 이렇게 지낸단 말이냐."

동생이 눈썹을 치켜들며 설핏 보니 바로 형이었다. 곧바로 허리를 굽혀 뜰 앞에서 절을 올렸다.

"형님께선 어떻게 여길 오셨답니까?"

이렇게만 묻고는 집안이 어떤지 그간 어떻게 지냈는지, 오랫동안 헤어졌던 사정은 묻지도 않았다. 그리고는 쟁반이며 그릇을 들고 손님을 맞으러 오가느라 조용히 말을 나눌 겨를도 없었는데, 이렇게 묻는 것이었다.

"형님도 다른 손님들 마냥 드실라우?"

"그게 무슨 말이냐? 네가 차려 주는 대로 먹는 게지."

"보통 사람들에겐 동전 열 닢을 받지만 형님껜 다섯 닢에 드리지요."

형은 아우의 냉대가 지독하다 생각하면서도 애써 참아 밤을 지내었다. 아우는 밤이 되어서도 다른 방에서 자고 찾아와 보지도 않았다. 다음 날이 되자 함께 묵은 행인들이 모두 길을 나서는데, 형은 차마 발걸음을 떼지 못하고 떠나려다 말곤 하는 것이었다. 아우가 말하였다.

"형님은 어째 가지 않고 지체하시는 거요. 얼른 밥값이나 내고 일어나 가시구려."

"내가 너를 오래도록 보지 못해 마음이 답답하고 울적했는데, 이제 얼굴을 보게 되었기에 머뭇거리는 것이 아니냐. 너는 무슨 생각으로 내가 미워 떠나라는 것이며, 밥 먹은 돈까지 받으려느냐."

"제가 형제간 친분을 생각했다면 어찌 이렇게까지 하겠소."

"그럼 값이 얼마란 말이냐!"

"내 형님 주머니가 넉넉지 못한 줄 알기에 저녁과 아침 두 끼니 밥값에 열 닢으로 하리다."

"넌 넉넉지 못한 것만 알고 빈털터리일 줄은 몰랐단 말이냐."

"그렇다면 허다한 부잣집 가운데 하룻밤 묵어가실 것이지 어째 주막에 들르신 거요. 돈푼이 없으면 소매 안에 있는 물건이라도 대신 잡히시구랴."

"이 정말 못할 일이로다."

"못할 걸 해야지 어째 쉬운 일만 찾는다오."

형은 결국 찢어진 부채에 해진 망건°으로 값을 치르는데, 제수씨가 말하였다.

"어제 마신 한 잔 술값도 내셔야지요."

형은 다시 보따리를 뒤져 오래된 빗 하나를 꺼내 던지면서 눈물을 훔치고 돌아가는데 마음이 달갑지 않고 저절로 마음이 아파 탄식이 나왔다.

"중국의 교지交趾와 광주廣州에는 마시면 탐욕스러운 마음이 생긴다는 탐천貪泉이 있다 하고, 진陳나라의 후주後主는 외적의 침입에 말릉秣陵의 욕정辱井에 숨었다가 치욕을 당했다고 하더니 이런 일을 두고 하는 말이로구나. 우리 같은 양반 가문에서 어찌 이런 패악한 동생이 나오리라 생각했겠는가? 아이들에게 경계로 삼도록 하여 학업을 부지런히 닦아 집안을 일으켜 이 수치를 씻도록 하리라."

형은 이렇게 네다섯 해 동안을 추우나 더우나 동생을 원망하며 지냈다.

그러던 어느 날 준마에 가벼운 가죽옷을 입은 길손 하나가 문 앞에 이르렀다. 형이 처음에는 어느 집안의 귀한 길손인가 하였는데, 마당에 나와 고개를 숙여 굽실굽실 정성껏 절을 올리는 것이 바로 자신의 동생이 아닌가. 형은 발끈 성질이 나서 꾸짖었다.

"너도 사람 노릇 할 날이 있더란 말이냐?"

"사죄드리고 사죄드립니다. 제가 집을 떠날 적에 가난의 고통을 견디지 못해 아내와 몇 년 기한으로 약조하였습니다. 남쪽 몇백 리 떨어지고 사람들의 왕래가 빈번한 저자를 택해 큰길가에 자리를 잡아 이문을 남기거나 흥정하는 일들로 몸소 해 보지 않은 것이 없습니다. 시장에 좌판을 벌여 물건을 교환하고 재화를 팔아 이익을 남겼답니다. 이러던 때에 어찌 형제간의 정분을 차릴 수 있었겠습니까. 지난날 형님께서 들르셨을 때 마치 원수라도 진 사람처럼 대했던 것은 사람의 도리를 갖추지 않고 재물을 불려 나갔기 때문에 형제간의 애정도 끊고 그리하였을 뿐입니다. 어찌 다른 이유가 있었겠습니까? 지금 저는 이리저리 재산을 불려 이미 몇만금을 모았습니다. 어떤 고을 어느 마을에 땅을 봐 두고 이천 섬을 수확할 정도의 논과 밭을 사서 천 섬 논밭은 형님 농장으로 나머지 천 섬 논밭은 아우 농장으로 마련해 놓았습니다. 산기슭을 사이에 두고 동쪽과 서쪽에 각각 쉰 칸 기와집에 침실, 대청, 부엌과 창고까지 두루 갖추었고, 솥단지와 가구, 의복과 서책도 마련해 두었습니다. 큰댁에는 세 칸 사당을 더해 노비와 종들에게 지키도록 해 놓았지요. 지금 문서 두 궤짝과 아침저녁으로 쓰실 쌀과 반찬, 생선들을 가지고 왔습니다. 바라옵건대 형님께서는 우선 문서 궤짝을 살펴보시고 아우로서의 행실을 차리지 못했던 지난 일을 용서해 주시기 바랍니다. 내일

망건 상투를 튼 사람이 머리카락을 걷어 올려 흘러내리지 않게 이마에 두르는 그물처럼 생긴 물건.

은 이 스러져 가는 집과 낡은 물건일랑 모두 버려두고 가족만 거느리고 저와 함께 그곳으로 가서 부잣집 주인 노릇을 하신다면 천만다행이겠습니다."

형님은 이 말을 듣자 성내던 얼굴에 웃음꽃을 피우고는 예전과 같이 살갑게 대하며 등불을 밝히고 가까이 앉게 하여 속마음을 털어놓았다.

"가난한 집안에서 재물을 얻었으니 비록 아름다운 일이라 하겠지만 우리 같은 문벌을 지닌 집안에서 그간의 허물을 면치 못했으니 어찌한단 말이냐."

이렇게 한편으로는 위로하고 한편으로는 마음 아파하였다.

다음 날이 되자 가마를 세내고 말을 빌려 와 오래되어 더러운 것은 버려두고 온전하고 깨끗한 기물과 대대로 전하는 문서만 실어 아우는 앞에 서고 형은 뒤를 따라 온 집안이 옮겨 갔다. 새집을 지키던 노비들은 날을 헤아려 기다리다가 음식을 성대하게 차려 놓고 맞이하였다. 형님은 두 곳 가옥의 배치를 두루 살펴보고는 건물의 웅장함을 칭찬하고 마련해 놓은 대로 거처를 정하였다. 다시는 세상 근심이 없었으니 인간 세상의 신선과 같았다.

아우가 얼마 후 형님에게 아뢰기를 손님을 모시고 잔치를 베풀자고 했다. 먹고 마시기를 몇 날을 하더니 잔치를 마칠 적에 서글피 말을 꺼내었다.

"제가 만일 이렇게 지낸다면 단지 이익만 꾀한 장부일 뿐이겠지요. 이제부터 집안 살림 돌보는 일은 그만두고 사서삼경四書三經을 익혀 과거에 급제하는 것으로 지난날의 허물을 씻어 보면 어떨까 합니다."

빈객과 친구들이 입을 모아 말하였다.

"이미 부유하면서 다시 귀한 자리를 얻고자 하니 자네의 계획은 참으로 어려운 일일세."

"어려운 일을 해야지 어찌 쉬운 것만 한단 말이오."

그러고는 일 처리를 잘하는 머리 좋은 사람을 가려 큰집과 작은집의 농장을 관리할 마름•으로 삼아 봄가을로 거둬들이거나 손님을 접대하는 일을 관리하도록 하였다. 자신은 경서經書를 싸 들고 조용한 산사山寺로 올라가 토방 하나를 깨끗이 치워 낮밤으로 부지런히 글을 익혔다. 그러기를 오 년 만에 이미 사서삼경에 통달해 외우면서 뜻을 풀이하는 데 조금도 막힘이 없었다. 과거 시험을 치러 합격자 서른세 명 가운데 둘째가 되어 합격 증서인 홍패紅牌에 이름을 올리고 임금이 내리신 술잔을 받아 어사화를 꽂고 삼일유가•를 하는데 상서로운 빛이 흘러넘쳤다. 바로 육품 관직을 받아 벼슬에 나가니 사간원司諫院을 거쳐 홍문관弘文館 교리校理를 지냈다.

세상 사람들은 그를 조삼난이라 불렀는데 사대부로서 아내를 이끌고 술장사를 시작한 것이 첫 번째 어려운 일이요, 오랫동안 헤어져 있던 형을 겨우 하룻밤 재워 보내며 밥값을 치르게 한 것이 두 번째 어려운 일이며, 부유하게 돼서는 살림을 돌보지 않은 채 독서하여 공명을 이룬 것이 세 번째 어려운 일이다. 조삼난은 영조 임금 때 사람이다. 그의 자

마름 지주를 대리하여 소작권을 관리하는 사람.
삼일유가三日遊街 과거에 급제한 사람이 사흘 동안 시험관과 선배 급제자와 친척을 방문하던 일.

손은 지금도 부호인 데다 과거에 급제해 벼슬하는 이가 끊이지 않는다
고 한다.

[차산필담此山筆談]

화포장의 재물복

옛적에는 중국에 들어갈 때 바닷길을 통했기 때문에 상부사˚와 서장 관˚ 등이 각자 다른 배를 타서 황제와 관서˚에 올릴 자문˚이나 표문˚ 과 같은 문서를 저마다 한 부씩 지니고 불의의 사고에 대비하였다. 고 려 시절에 상사上使 홍사범洪師範이 물에 빠져 목숨을 잃자 서장관 정몽 주鄭夢周가 홀로 돌아온 경우˚도 그러했다. 황제에게 조회˚하러 가는 일 행은 황해도 풍천豊川에서 배에 올라 적해赤海, 백해白海, 흑해黑海를 건너 는 몇천 리의 여정에 수많은 삼각주와 섬을 거치면서 바람과 조류에 따 라 길을 택했다. 그래서 여행 경비와 중국에서 사들일 물건 값을 자기 집안의 재산에서 끌어모아 배에 가득 채워 실었다. 풍천 고을의 수령은 타루악柁樓樂을 성대하게 올리며 전송했는데, 배가 떠날 즈음이면 친척 이며 벗들이 뱃전에 붙어서는 눈물 흘리면서 보내곤 하였다. 지금도 기생들이 부르는 노래에 타루악의 곡조가 남아 있다.

어떤 화포장*이 중국으로 조회 가는 인원에 뽑히게 되었는데 그의 집안은 몹시 가난하여 행장과 노자가 볼품이 없어 동행하는 사람들이 비웃을 정도였다. 바다 가운데 어느 섬에 배를 대어 땔나무를 마련하고 물도 길어 둔 다음 순풍을 기다려 다시 배를 띄우는데 배가 뱅뱅 돌면서 나가질 않는 것이었다. 뱃사람들이 말하였다.

"예로부터 배로 길을 나서는 사람 가운데 한 사람이라도 물에 대한 액운이 끼었다면 배에 탄 사람 모두가 해를 입는다고 합니다. 지금 우리 배 안에 반드시 수액水厄을 지닌 사람이 있을 것이니 시험해 보시기를 청합니다."

그래서 한 사람씩 육지에 내려놓고 배를 띄워 보았지만 여전히 맴돌다가 화포장이 배에서 내리자 갑자기 배가 힘차게 막힘없이 나가는 것이 아닌가. 결국 마른 음식과 옷가지, 솥단지, 칼과 검 등 필요한 여러 물건을 주면서 화포장을 섬에 남겨 두고 떠나기로 했다. 그러고는 이런 약속을 남긴 채 눈물을 흘리며 이별을 했다.

"일을 마치고 돌아올 적에 반드시 자네를 찾아 함께 돌아가겠네."

화포장은 혼자 섬에 남아 풀을 엮어 움막을 세워 비바람, 추위와 더위에 대비하고, 굴과 소라를 따거나 뱀이나 지네 등을 잡아 허기를 채웠다. 이렇게 지내다가 외딴섬에 몸은 썩어 해골만 남으리라 생각하니 밤이면 잠도 이루지 못하였다. 그런데 가만히 귀 기울여 들어 보니 새벽이면 섬 안쪽에서 하늘까지 울리고 산줄기를 흔들며 바다로 들어가는 소리가 들리곤 했다. 해가 저물면 그 소리는 바닷속에서 들리다가 물결을 일으키고 골짜기에 메아리치면서 섬으로 들어오곤 하였다. 화포장은 너무도 이상해서 숲에 몸을 숨기고 살펴보았다. 그때 거대한 대들보나 큰 기둥만 한 굵기에 길이도 몇백 척尺이나 되는 이무기* 한 마리가 곰, 사슴, 멧돼지 등을 잡아 삼키고, 다시 바다로 들어가 어류와 거북 등을 먹어 치우는 것이었다. 이무기가 지나간 자리는 도랑이 생겨 큰 배가 지나갈 정도였다.

　화포장은 새로 칼을 갈아 이무기가 지나간 길에 줄을 지어 세웠다. 칼자루를 땅에 묻어 칼날만이 땅 밖에 드러나게 하였다. 다음 날 저녁 이무기가 과연 바다에서 섬으로 기어들자 파묻은 칼날에 턱 밑에서 꼬리까지 찢어졌다. 그러자 진주, 옥구슬, 야광주*, 유리구슬과 같은 온갖 진기한 물건이 땅으로 쏟아져 나와 평지에 쌓이고 시내를 메울 지경이었다. 며칠이 지나 더운 바람에 썩는 내가 코를 찔러 찾아보니 큰 이무

<hr />

상부사上副使　사신 가운데 우두머리가 되는 사람인 상사(上使)와 상사를 돕던 버금 사신인 부사를 아울러 이르는 말.
서장관書狀官　외국에 보내는 사신 가운데 기록을 맡아보던 임시 벼슬. 임진왜란 후에 종사관으로 고쳤다. 정사(正使)·부사(副使)와 함께 삼사(三使)로 불리며, 직위는 낮지만 행대 어사를 겸하였다.
관서官署　관청과 그 부속 기관을 통틀어 이르는 말.
자문咨文　조선 시대에, 중국과 외교적인 교섭·통보·조회할 일이 있을 때에 주고받던 공식적인 외교 문서.
표문表文　예전에 사용하던 외교 문서의 하나.
ㅇ정몽주는 1372년 서장관으로 명나라에 다녀오던 중 풍랑으로 난파를 당해 12명이 익사하고, 중국 구조선의 도움으로 가까스로 다음 해에 귀국한 일이 있다.
조회朝會　모든 벼슬아치가 함께 정전에 모여 임금에게 문안드리고 정사를 아뢰던 일.
화포장火砲匠　화약을 사용하는 총과 포를 담당하던 사람.
이무기　전설상의 동물로 뿔이 없는 용. 어떤 저주에 의하여 용이 되지 못하고 물속에 산다는, 여러 해 묵은 큰 구렁이를 이른다.
야광주夜光珠　어두운 데서 빛을 내는 구슬.

기가 숲 속에 죽어 있었다. 화포장이 이무기의 배를 마저 갈라 꺼내 보니 한 치가 넘는 투명하게 반짝이는 구슬들이 몇백, 몇천 개인지 셀 수도 없을 정도로 많았다. 이에 풀을 엮어 보물을 싸는데 열 말 크기로 십여 개의 꾸러미가 만들어졌고, 낡은 옷으로 덮어 놓고 돌아오는 배를 기다렸다.

거의 반년이 흐른 어느 날, 큰 함선이 돛을 펼치고 넓은 바다 쪽에서 다가와 그를 소리쳐 불렀다.

"화포장 별 탈 없었는가?"

가까이 이르러 보니 중국에 사신을 갔다 조선으로 돌아가는 바로 그 배였다. 서로가 손을 잡고 위로하면서 화포장을 배로 맞아 올렸다. 배를 타고 떠났던 사람들은 이미 품질이 좋아 값이 배나 되는 쌍남금雙南金, 보물로 치는 진귀한 조개, 무늬와 색깔이 화려한 비단 등을 중국에서 얻어 배에 가득 싣고 돌아왔다. 화포장이 입을 열었다.

"여러분 모두가 중국에서 값비싼 보화를 얻어 오셨는데 저만 홀로 빈 섬에서 형편없는 신세로 있었던 것도 운수라 해야겠지요. 무슨 면목으로 돌아가 처자를 본답니까. 섬에 있으면서 할 일도 없어 바닷가에서 둥근 돌을 주웠는데 늙은 아내가 상다리를 고이거나 길쌈하는 베틀에 쓰도록 할 참이라오."

그러고는 십여 개의 꾸러미를 들어다 배에 싣는 것이었다. 꾸러미마다 낡은 옷으로 덮어 두어 배에 탄 사람들이 몰래 비웃으면서도 한편으로는 가엾게 여겼다. 화포장이 고향으로 돌아와 시장에 구슬을 내다 파니 값이 몇십만금이나 되었다. 이후로 화포장의 자손들이 시집가고 장가드는 집안은 모두 명문거족이었고, 그와 교분을 맺어 친근해진 사람들도 당대의 왕실과 권세가들이었다. 그는 부유하기로 우리나라에서 으뜸가는 사람이 되었다.

[어우야담於于野談]

여성 이야기

여검객

숙종 임금 때 사람인 정시한*은 학문과 덕행으로 이름이 알려져 사람들이 추천하여 왕세자의 교육을 맡은 진선進善이라는 벼슬을 지내었다. 하지만 그 후 임금의 부름에도 응하지 않은 채 강원도 원주의 고을에 거처하면서 학생들을 가르치는 것을 자신의 일로 여기며 지내고 있었다.

어느 날 정시한이 내리는 빗줄기에 홀로 집 안에 머물고 있었다. 얼핏 사립문 밖으로 두 소년이 나란히 서 있는 것이 보였다. 두 사람은 생김새가 깔끔하고 풍채가 돋보였다. 정시한은 속으로 이상하게 여겼다.

'이 고을 학생들 가운데 조금이라도 영특한 아이라면 내가 모르는 얼굴이 없으니 저 소년들은 필시 다른 고을 사람이겠구나.'

정시한이 두 소년을 들어오라 불러 어디서 오는 길인지 묻자 곧 대답하였다.

"여기서 멀지 않은 고을에 살면서 오래전부터 마음속으로 어르신을 존경하다가 각별히 만나 뵙고자 왔습니다만, 감히 나아가지 못하고 문 밖에서 머뭇거리고 있었습니다."

두 소년과 이야기를 나누니 말이 영특하고 기발한 데다 기개와 도량 역시 활달하여 더욱 마음에 들었다.

"자네들이 아직 머물 곳을 정하지 못하였을 듯하네. 해도 저물고 날도 궂으니 여기서 나와 같이 머물지 않겠는가?"

"이미 은혜를 입었는데 어찌 따르지 않겠습니까. 빗속에 오느라 몸이 춥고 젖었으니, 독한 술 한 병만 주실 수 있으신지요?"

정시한은 의아한 생각이 들었다.

'처음 본 어른에게 불쑥 술을 찾는 것이 어쩐 일이람? 그래도 말하는 품이나 행동이 예법을 모르는 사람 같지는 않으니 어찌하려는지 봐야겠구면.'

집안 사람을 불러 술을 사 오라 하여 대접하자 두 사람은 마주 앉아 술병을 기울여 연거푸 몇 잔을 마시고는 반쯤 남기며 말하였다.

"이건 밤이 되면 마시기로 하고 오늘 밤은 별채에서 자자꾸나."

한밤이 될 즈음에 정시한은 얼핏 잠에서 깨었다. 마침 비는 그치고 구름이 옅어져 초승달이 창가에 비추었다. 문득 두 사람의 모습이 보였는

정시한丁時翰　조선 숙종 때의 성리학자. 독학으로 성리학을 연구하고 후진을 양성하였으며, 정약용, 이익 등의 실학자에게 학문적 영향을 주었다. 저서에 『우담집』이 있다.

데 어제와는 달랐다. 마치 병사들처럼 소매가 짧고 움직이기 편한 복장으로 손에는 서릿발 같은 칼날을 들고 춤을 추며 독한 술을 서로 권하는데 칼 그림자가 빠르게 휘돌 때마다 검광이 온 집 안에 번쩍번쩍 빛나는 것이었다.

정시한은 잠자리를 한쪽으로 밀쳐 두고 일어나며 입을 열었다.

"자네들은 뭐하고 있는 건가?"

두 사람은 깜짝 놀라 돌아보고는 칼을 내려놓고 땅에 엎드렸다.

"어르신의 잠자리를 혼란스럽게 하였으니 너무도 큰 죄를 지었습니다. 허나 어르신을 뵈니 안색이 편안하고 차분하여 조금도 놀라지 않으시니 어째서입니까?"

"평생을 돌아보아도 결코 나에게 이를 갈 만한 사람이 없으니 몰래 와서 해코지할 사람인들 있겠는가. 그러니 놀라고 두려울 것도 없네. 자네들은 과연 누구인가?"

두 사람은 입을 뗄 듯 말 듯 한참 있다가 말을 꺼내었다.

"어르신은 정말 현인이시군요. 이제 마음에 담은 일을 털어놓아야겠습니다. 저는 본래 영남 사람으로 이 몸도 남자가 아닙니다."

정시한이 놀라며 말하였다.

"그랬단 말이냐. 자세히 들어 보고 싶구나."

두 사람은 울음을 삼키며 한참을 흐느끼다가 입을 열었다.

"여기 온 까닭을 말하려니 비통하고 분한 마음이 먼저 울컥하는 데다 부끄러움도 심합니다. 저희는 첩 소생의 자매로서, 어머님은 불행하게도 저희를 낳다가 돌아가셨습니다. 계모는 참하지 못해 이웃에 사는 향교의 유생과 정을 통하더니 우리 아버님을 독살하고 간악한 지아비와 다른 고을로 달아났답니다. 저희는 어린 데다 의지할 곳도 없어 이웃 아주머니에게 길러지다 조금 자란 다음에야 그 일을 알게 되었습니다. 원수와 같은 하늘 아래 산다는 것이 너무나 부끄러워 뼈에 사무치도록 원수 갚을 일만 생각하였지요. 그러다가 경주에 귀신 같은 검술을 지닌 사람이 있다는 말을 듣고 저희가 함께 찾아가서 검술을 전수받았습니다. 십 년 동안 신묘한 기술도 모두 익히게 되어 옛사람들이 검을 뽑아 물건을 빼앗는 재주도 제법 할 수 있답니다.

　그때부터 남자 옷을 입고 이름도 숨긴 채 사방을 두루 돌아다니며 원수들의 자취를 찾다가 결국 한양에 산다는 것을 알게 되었지요. 도성 안이라 인가는 복잡한 데다 규찰도 엄중하여 손쓰기가 쉽지 않아 참으면서 저희를 드러내지 않은 지 벌써 몇 해가 지났습니다. 요사이 듣자 하니 원수들이 서울에 편안하게 머물 수 없게 되어 또다시 고향으로 내려간다 하더군요. 어제 충주 숭선촌崇善村에 묵고 지금은 앞마을 주막에서 쉬고 있습니다. 몇 해를 묵힌 철천지원수를 여기서 통쾌하게 처단하려 합니다. 그래도 아무리 남자 옷을 입었다지만 주막의 상인과 나그네가 마구 섞인 틈에서 잘 수는 없었습니다. 살짝 알아보니 어르신께서는 너그러우셔서 잠자리를 의탁할 만하다 여겼지요. 여기 머물도록 각별히 보살펴 주시지 않았다면 어떻게 밤을 지냈겠습니까. 천만다행이었지요. 어제 술을 찾은 것은 당돌하여 죄를 얻는 잘못임을 모르지는 않았지만 큰일을 치르려는데 술의 힘을 빌려 담력을 키우고자 했던 것입니다. 어르신께서는 무례하다 생각하셨겠지요.”

정시한은 이들의 말을 듣고 매우 기특하게 여기며 칭찬하였다.

"자네들의 뜻이 참으로 대단하구나. 약한 여자의 몸으로 어찌 이런 일을 성공할 수 있겠느냐. 내게 건장한 하인 몇 사람이 있으니 한 팔은 거들 수 있을 것이네. 자네들을 따라가도록 하겠네."

두 사람은 의연한 태도로 대답하였다.

"그러지 마십시오. 저희가 애태우며 뼈에 사무치도록 만사일생●의 계책을 세운 것은 바로 부모님의 원수를 갚기 위함입니다. 만의 하나라도 일이 발각된다면 저희만 죽으면 될 터인데, 어찌 다른 사람이 연루되게 한단 말입니까. 닭이 곧 홰를 칠 것입니다. 행상과 나그네들도 머지않아 길을 나설 것이니 이제 인사드리고 떠날까 합니다."

두 사람이 칼을 짚고 일어나 잽싼 걸음으로 문을 나서는데 마치 새처럼 빨랐다.

정시한은 앉아서 아침을 기다려 하인들을 시켜 앞마을 주점에 가서 지난밤 무슨 일이 있었는지 알아보게 하였다. 하인들이 돌아와 여관 사람이 떠들썩하게 전한 말을 아뢰었다.

"어제 저녁 서울서 온 부인의 행차에 사내 한 명이 따라와 묵었지요. 닭이 울 때쯤 강도 몇 사람이 칼을 쥐고 갑자기 뛰어들더니 그 남자와 여자를 박살내고는 머리만 잘라 갔답니다. 다른 사람들을 해치지도 물건을 빼앗지도 않았답니다."

내가 보건대 이 여자들에겐 네 가지 기이한 점이 있다. 첫째는 칼 쓰는 재주요, 둘째는 여자로서 중국의 협객●인 형가●와 섭정●의 용맹을 지닌 것이며, 셋째는 남자의 복장으로 십여 년을 두루 돌아다녀도 다른 사람들은 끝내 눈치채지 못했으니 중국에서 아버지 대신 남장을 한 채 전쟁에 나갔던 목란* 이후로 겨우 한 번 볼 수 있었던 것이다. 『예기禮記』에는 복수의 의리에 대한 성인의 가르침이 엄숙하게 갖춰져 있다. 아버지가 남에게 죽임을 당했는데도 자식이 갚지 못하면 인륜이 사라질 것이다. 그렇지만 예로부터 원수를 갚을 수 있었던 사람이 남자라도 몇이나 있었던가. 어리고 약한 여자로서 같은 하늘 아래 사는 원수를 두고는 각고의 노력을 기울이고 오랜 시일을 한결같이 반드시 원수를 갚고야 말겠다는 마음을 지녀 장사의 속마음을 울리고 인륜의 중함을 북돋운 것이 넷이다.

어떤 사람은 이렇게 말한다.

"대개 백성들이 다투다가 죽이는 것은 나라에서 엄히 금하는 것이다. 진실로 원수를 갚고자 한다면 고을 관아에 아뢰어 법으로 다스리면 그만이다. 어찌하여 반드시 험악하고 사나운 도적처럼 포악한 일을 한단 말인가? 이미 복수를 하였다면 또한 마땅히 관아에 나아가 스스로 사람을 죽인 죄를 받는 것이 옳다. 지금 자취를 감춰 나라의 법령을 벗어나

만사일생萬死一生 만 번 죽을 고비에서 한 번 살아난다는 뜻으로, 목숨이 매우 위태로운 처지에 놓여 있음을 이르는 말.

협객 호방하고 의협심이 있는 사람.

형가 중국 전국 시대 위나라의 자객. 연나라 태자인 단(丹)의 부탁을 받고 진시황제를 암살하려 하였으나 실패하고 죽임을 당하였다.

섭정 중국 전국 시대 한나라의 자객. 엄중자의 부탁으로 재상 협루를 죽였다.

목란木蘭 중국의 서사시 「목란사」에 나오는 주인공. 여자의 몸으로 아버지를 대신하여 남장을 하고 싸움터에 나가서, 공을 세우고 고향으로 돌아왔다고 한다. 흔히 뮬란으로 알려져 있다.

형벌에서 도망하였으니 도적으로 지목됨을 어떻게 면할 수 있단 말인가?"

어떤 사람은 이렇게 말하기도 한다.

"이들에게서 효성의 더욱 지극함을 볼 수 있다."

사람을 죽인 옥사에는 반드시 검시관이 시신을 검사해야 하며, 시신을 검사하지 않으면 옥사가 성립하지 않는다. 옥사가 성립하지 않으면 목숨으로 대가를 치를 필요도 없다. 만일 관아에 고발한다면 비록 현명한 재판관이 있더라도 전례를 따라 시신을 검사하지 않을 수 없다. 하지만 그들 부친이 죽은 지 오래되었는데 무덤을 열어 관을 꺼내고 이미 썩은 유골에 다시 회*를 뿌리고 식초로 닦아 내는 참혹함을 당하게 한다면 이는 거듭 죽게 하는 것과 다름이 없다. 효자의 마음이 차마할 수 있으랴!

이와 같이 하지 않는다면 장차 원수의 배를 결딴낼 수 없으며 하늘에 닿을 원한을 어느 때 씻어 낼 수 있겠는가. 그렇게 되면 효심은 참으로 난처하게 된다. 그들이 스스로 자수하지 않았던 것도 집안의 추한 일을 밖에 드러내지 않고자 해서였다. 자신들이 "만에 하나라도 일이 발설된다면 오직 홀로 죽음을 맞을 뿐입니다"라고 말했던 것도 진실로 한 목숨을 버리고자 했던 것이니 저들이 어찌 죽음을 두려워했겠는가? 옛이야기를 두루 살펴보면 검객이 원수를 갚은 일이 있지만 이는 단지 한때

회 석회. 탄산칼슘.

의 원한을 갚고자 한 것일 뿐이다. 아마도 이 두 여자의 일은 진정 하늘의 이치와 사람의 도리로써 바름을 얻었다 할 만하다. 아! 도적이라 할 수 있겠는가?

[잡기고담雜記古談]

스스로 남편을 택한 여인

일송 심 상공은 얼굴이 뽀얀 옥구슬이나 하얀 눈과 같았고 기상도 맑고 빼어났다. 여덟 살 나이에 글솜씨가 능통한 데다 생각이 영특하고 남달라 여느 아이들과 함께 있으면 모두들 신선 세계의 아이인 듯 눈여겨보았다. 그는 젊어서 과거에 급제하였고 중요한 관직을 두루 거치며 마침내 조정의 재상이 되었으니 노년에는 세상 사람들이 명재상으로 일컬었다.

그는 일흔이 넘도록 정승의 자리를 맡았다. 어느 날 하루는 비변사•에 나아가 일을 마칠 즈음 여러 재상들에게 이런 말을 꺼냈다.

"내가 관아에 나오는 일도 오늘이 마지막인가 보오. 여러분들께서는 저마다 잘 지내시기 바랍니다."

이 말을 들은 재상들이 말하였다.

"상공께서는 건강하신 데다 병도 없으신데 어째서 이런 말씀을 하십니까?"

공은 웃으며 말하였다.

"죽고 살고는 천명에 달려 있으니 어찌 정해진 수명을 어길 수 있겠으며, 다시 무슨 한이 있겠습니까? 다만 공들께서 힘써 임금을 보좌하여 성은을 갚으시기를 바랄 따름입니다."

이렇게 격려하고 자리를 나서자 사람들은 모두 의아한 생각이 들었다. 공은 집으로 돌아간 다음 날 가벼운 병을 앓았다. 공의 아랫사람 가운데 평소 가까이 지내며 아끼던 병조 좌랑이 병문안을 왔다. 공은 병석에서 그를 맞이하면서 차분하게 이야기하였다.

"내 지금 세상을 떠나네. 자네는 앞길이 창창하니 몸을 잘 지키시게."

병조 좌랑은 공의 눈가가 얼핏 젖은 것을 보고 여쭈었다.

"상공께서는 기운이 평안하신데 조금 편찮으시다고 해서 걱정하실 것이 없습니다. 지금 세상을 뜨신다고 말씀하시며 잠시나마 눈물을 보이시니 이유를 알 수 없어 감히 묻사옵니다."

공이 웃으며 말을 이었다.

"내가 다른 사람에게는 일찍이 말한 적이 없지만 지금 자네가 물어보니 딱히 숨길 것이 있겠는가? 내 자세히 말해 주겠네. 이 늙은이의 소싯적 일이니 웃지나 마시게."

비변사 조선 시대에, 군국의 사무를 맡아보던 관아.

상공은 그렇게 이야기를 시작하였다.

　내가 열다섯일 적에 모습이 정녕 밝고 아름다웠지. 도성 안 어느 동네의 대갓집에서 마침 문희연*을 마련해 광대와 기생이 오고, 악기 연주까지 펼친다는 말을 듣고 수십 명의 아이들과 함께 보러 갔다네. 기생들 가운데 열여섯 살쯤 되어 보이는 어린아이가 하나 있었는데 모습과 재주가 빼어나 마치 하늘에서 내려온 선녀 같았네. 옆 사람에게 물어보니 "이 아이가 바로 일타홍—朶紅일세" 하고 알려 주더군. 구경을 마치고 돌아가서도 그리운 마음이 남아 잊을 수가 없었지. 그로부터 열흘이 지나 스승님 댁에서 글공부를 마치고 책을 끼고 걸어가는데 큰길가에서 문득 아리따운 여인을 만났네. 환한 치장에 고운 옷을 차려입고 장식한 안장을 얹은 준마를 타고 오더군. 내 앞에 이르더니 곧장 말에서 내려 나의 손을 쥐면서 말하더군.

　"도련님은 심희수 씨가 아니십니까?"

　내가 놀란 눈으로 보니 바로 일타홍이 아니겠나.

　"내가 심희수이오만, 자네가 어찌 나를 아는가?"

　나는 나이가 어려 관례*도 하기 전인 데다 길가에 보는 사람들도 많아 무척 부끄러운 마음이 들었지. 일타홍은 나를 만나 반갑고 기쁜 얼굴로 고삐 잡은 사람에게 이렇게 말하더군.

　"마침 일이 생겼으니 의당 내일 찾아가 뵐 터이네. 너는 우선 말을 끌고 돌아가 내 말을 전하는 게 좋겠구나."

　그러고는 곧장 나를 끌고 길옆 인가로 들어가 앉으며 이렇게 말했네.

"당신께선 어느 날 아무 댁의 잔치 자리에 구경을 가셨지요?"

"그랬다네."

"제가 그날 도련님의 얼굴을 바라보고 마치 하늘의 신선인 줄 알았습니다. 옆에 물어보니 도련님을 아는 사람이 '저분이 바로 심 어르신 댁 아드님으로 이름이 희수일세. 재주 있다는 이름이 세간에 자자하지'라고 했답니다. 제가 그때부터 한번 뵙고 싶었지만 전혀 방도가 없어 생각만 날로 깊어 갔는데 오늘 마침 도련님을 만났으니 실로 하늘이 도우셨습니다."

나는 웃으며 답하였지.

"내 마음도 그러하였소."

"여기서는 말하기가 뭣합니다. 제 이모댁이 아무 동네에 있으니 그곳에 가면 조용하니 좋겠습니다."

그렇게 곧장 나와 함께 걸어가 보니 퍽 외지고 조용한 데다 정갈하였고, 이모 역시 일타홍을 지극히 아껴 딸이나 다름없더군. 그날부터 두 사람이 깊이 빠져들어 밤이나 낮이나 문밖을 나서지 않았다네. 일타홍은 다른 사내를 만나 본 적이 없이 처음으로 나를 만났다네. 그렇게 십여 일이 흘러 일타홍이 문득 내게 말하더군.

"이렇게는 오래 지낼 수 없으니 마땅히 도련님과 잠시 떨어져 훗날의 만남을 기약해야겠습니다."

문희연聞喜宴 과거에 합격한 사람이 친지들을 불러 베푸는 잔치.
관례 예전에, 남자가 성년에 이르면 어른이 된다는 의미로 상투를 틀고 갓을 쓰게 하던 의례.

까닭을 묻자 이리 말하였네.

"첩은 종신토록 도련님을 모시기로 마음을 이미 정하였습니다. 하지만 도련님께서는 위로 부모님이 계신 데다 아직 혼처도 정하기 전이니 지금 부모님께서 먼저 첩을 두도록 허락하시겠습니까? 제가 도련님의 기량과 재주를 보아하니 분명 일찍 과거에 합격해 재상의 지위에 오르실 것입니다. 첩은 오늘부터 도련님께 하직*하고 가서 마땅히 도련님을 위해 깨끗이 몸을 지켜 절개를 온전히 하겠습니다. 도련님이 과거에 오르실 날만 기다리다가 유가遊街하는 사흘 안에 다시 도련님을 찾아가 뵙기로 금석 같은 약조를 하겠습니다. 도련님께서는 급제하시기 전에는 다시는 첩을 생각하지 마시옵소서. 그리고 첩이 절개를 버리고 다른 사람을 따를지도 모른다는 염려도 마십시오. 제게 몸을 숨길 방도가 있습니다. 도련님이 급제하시는 날이 바로 첩을 다시 만나는 날이 될 것입니다."

그러고는 잡았던 손을 놓고 훌쩍 떠나는데 조금도 이별을 안타까워하는 슬픈 얼굴이 아니더군. 가는 곳을 물어도 끝내 말을 않았지. 나는 멍하니 무언가를 잃어버린 듯 쓸쓸히 돌아왔다네.

부모님께서는 내 소식을 몰라 며칠이나 온 집이 근심하고 당황하셨다더군. 내가 귀가하자 부모님은 놀랍고도 기뻐 어디 갔었는지 물으셨지만 나는 이를 숨기고 바로 말씀드리지 않은 채 다른 일로 둘러대었다네. 처음에는 그리워하는 마음을 잊을 수 없어 잠도 못 자고 식사도 그만둘 지경이었지만 시간이 지나자 조금은 진정할 수 있게 되었네. 드디어 과거 공부에만 힘을 써서 밤낮으로 부지런히 멈추지 않았으니 일타홍을 만나기 위해서였네.

몇 해가 지나 부모님께서 혼처를 구해 아내를 맞도록 하셔서 감히 거절할 수 없었지만 끝내 부부간에 금실의 즐거움은 없었다네. 나는 본래 문장의 재주를 일찍 성취한 데다 다시 남보다 수십 배나 부지런히 노력했기에 과연 일타홍과 이별한 지 오 년 만에 과거에 올랐지. 어린 사람이 장원이 되었으니 누군들 기쁘지 않았겠는가마는 나야말로 누구보다도 특별히 기뻐했으니, 일타홍을 다시 만날 약속을 지켰기 때문일세.

유가하는 첫날 만나리라 여겼지만 그러지 못했고, 둘째 날도 만나지 못한 채 셋째 날이 되었다네. 유가도 이미 끝나려는데 아무런 소식도 없어 나는 너무나 서운하여 급제를 했어도 도무지 흥이 나질 않았다네. 해가 저물어 가자 아버님께서 이렇게 명하시더군.

"내 소싯적 친구 아무개가 창의동*에 사니 너는 유가하는 사흘 안에 찾아뵙고 인사드리도록 하여라."

내가 어쩔 수 없이 찾아뵙고 돌아오는 길에 해는 이미 넘어갔다네. 마침 어느 솟을대문 집 앞을 지나게 되었는데 안에서 신래*를 부르는 게 아닌가. 바로 나이든 재상 아무개 공의 집이었다네. 일찍이 인사드린 적은 없지만 그분이 어르신인지라 나는 바로 말에서 내려 들어갔다네. 헌데 어르신은 앞으로 나와라 뒤로 물러서라를 몇 번이나 하시고

하직 어떤 곳에서 떠남.
창의동彰義洞 지금 서울의 부암동.
신래新來 새로 과거에 급제한 사람.

서야 올라와 앉도록 하시더군. 말씀을 나누시는데 퍽이나 은근히 대해 주셨고, 술상을 마련하여 대접해 주셨네. 공께서는 잔을 들고 이런 말씀을 하셨지.

"자네, 옛 사람을 만나 보겠는가?"

나는 무어라 말씀을 드려야 할지 몰라 우물쭈물 대답하였네.

"옛 사람이라니요?"

공이 웃으며 말씀하셨지.

"자네의 옛 사람이 우리 집에 있다네."

곧장 시녀에게 명해 사람을 불렀는데 바로 일타홍이었다네. 나는 그녀를 보고 놀랍고도 기뻐서 물었다네.

"자네가 어찌 여기 있는가?"

일타홍이 웃으며 말하더군.

"오늘이 바로 도련님께서 유가하시는 사흘째이니 첩이 어찌 이별할 적의 약속을 어기겠습니까?"

공께서 말씀하셨지.

"이 아이는 바로 천하의 이름난 미인일세. 지조도 아름답고 행실도 매우 기특하지. 자네를 위해 모두 말해 주겠네. 내 나이 팔십에 이르도록 부부가 해로하였지만 평소 자녀는 없었다네. 하루는 이 아이가 갑자기 찾아와서는 '댁에 제 몸을 맡겨 곁에서 일을 도와 드리고자 하니 하녀로 삼아 주소서' 하기에 괴상한 생각이 들어 까닭을 물었지. '저는 주인을 피해 도망다니는 사람이 아니오니 청컨대 심려 마옵소서'라고 하더군. 내가 거절하며 물리쳤지만 저 아이가 죽기로 간청하면서 떠나질 않았다네. 시험 삼아 그 말대로 하는지 보았더니 곧바로 시녀로 자처하면서 낮에는 밥을 차려 내고 밤이면 잠자리를 마련하고, 청소하고 시중드는 일에 부지런히 정성을 다하더군. 우리 부부는 늙고 병든 몸이라 곁에서 잠시도 떠나지 않으며 부축하고 몸조리해 주고, 등을 긁고 무릎을 두드리며 도리를 극진하게 해서 편안히 해 주었다네. 게다가 바느질 솜씨도 좋아 자청해 옷을 지어 추위와 더위에 알맞게 해 주었네. 우리 부부가 모두 아꼈지만 아내가 더욱 사랑하여 마치 친딸처럼 낮에는 안에서 지내게 하고 밤이면 곁에서 함께 재웠지.

내가 가만히 집안과 행적을 물었더니 '본래 양가의 딸로 부모님은 일찍 돌아가시어 어린 나이에 의지할 곳도 없이 한 고을의 노파가 키우다 기생이 되었습니다. 나이가 어려 다른 사람에게 몸을 더럽히기 전인데 다행히 한 낭군을 만나 이미 백년가약을 맺었답니다. 다만 낭군이 나이가 어리고 혼처도 구하지 않아 급제한 후에 다시 만나기로 기약했지요. 첩이 기생집에 있자니 이 몸을 마음대로 할 수가 없어 절개를 잃을까 걱정이 되어 감히 어르신 댁을 찾아와 부탁드리고 몇 년간 몸을 숨기려 했습니다. 낭군이 급제하거든 마땅히 인사드리고 떠나겠습니다'라고 하였지.

내가 낭군이 누구냐고 물었더니 자네의 이름을 대더군. 나는 몸이 쇠약해지고 병들어 죽음이 가까운 사람이라 여자를 가까이할 마음이 없었네. 그런 데다 저 아이가 스스로 나를 모시는 시종이라 말하며 온전하게 몸을 지킨 지 지금 벌써 네다섯 해로구면. 매번 급제자의 방문이 붙을 때마다 그대의 이름이 보이지 않으면 '낭군께서 몇 년 사이에 꼭 급제할 것입니다. 이번에는 낙방하셨지만 한스러울 것은 없습니다'라고 말하였네. 그리고 한 번도 이별을 마음 아파하며 원망하는 얼굴도 보이지 않았네.

자네가 급제하여 내가 방문을 보여 주며 바로 말해 주었더니 저 아이는 놀라거나 기뻐하는 표정도 없이 '저는 그리될 줄 안 지 오래입니다. 어찌 특별한 일이겠습니까' 하더군. 그러고는 '제가 낭군과 이별할 때에 유가하는 삼 일 안에 다시 만나기로 기약했으니 어길 수 없지요' 하였지. 곧바로 누대에 올라가 살펴보았지만 동네가 깊고 외져 이틀이 지나도록 지나가는 모습을 보지 못하였다네. 오늘 또다시 올라가 살피더니 '오늘은 필시 이곳을 지나겠습니다'라고 했는데 그대가 과연 우리 문 앞으로 행차하였소. 아이가 바로 달려와 내게 불러들이라고 청하였지. 내가 고금의 이야기 가운데 이름난 여자의 정분이나 우연한 인연을 맺는 기이한 일을 많이 보았지만 이렇게 절묘하고 신기한 경우는 처음일세. 하늘이 지극정성에 감동하시어 묵은 약속을 성취시킨 것일세. 오늘의 만남을 헛되이 저버릴 수 없겠지. 이 늙은이가 마땅히 저 아이와 자네의 좋은 인연을 성사시켜 주어야겠네. 그대는 돌아가지 말고 여기 머물러 하룻밤 묵어가시게."

나는 일타홍을 우연히 만나게 되어 이미 놀랍고도 기뻤는데 이런 말씀을 듣고 나니 진정 감탄하였다네. 하지만 우선은 일부러 다른 일로 사양하며 말씀드렸지.

"이 아이는 비록 제가 어릴 적에 눈길을 주었던 사람이지만 이미 대감의 시녀가 되었습니다. 지금 어찌 다시 가까이 대할 수 있겠습니까?"

공께서 웃으며 말씀하시더군.

"나는 늙었네. 여자를 가까이하지 않은 지 이미 오랠세. 저 아이가 모시고 잤다고 말했던 것은 내 조카들이 넘보려는 길을 끊고자 해서 그랬을 뿐이네. 저 아이가 자네를 위해 수절*함이 서리와 눈처럼 매서웠거늘 누가 그 뜻을 빼앗을 수 있었겠는가? 다시는 의심하지 말게나."

즉시 내가 타고 온 말과 마부, 종자들을 돌려보내도록 하고 공의 하인을 불러서는 우리 아버님께 나를 만류해 하룻밤 묵어가도록 하겠다는 말을 전하게 하셨지. 시녀들에게 분부하여 방 하나를 깨끗하게 청소해서 비단 병풍을 두르고 원앙금침을 깔고는 향을 사르고 촛불을 밝히도록 하여 마치 혼인한 집의 신방처럼 꾸며 일타홍과 함께 자도록 하였네.

다음 날 아침 내가 공께 감사의 인사를 드리고 돌아가 일타홍과 만났던 자초지종을 부모님께 처음으로 아뢰었다네. 부모님께서 즉시 데려오도록 명하여 집 안에서 지내도록 하였네. 그녀의 행실과 재주는 모두 또래보다 뛰어났고, 어른을 섬기며 아랫사람을 대하는 데도 효성과 공경을 다하며 자애롭게 정성과 예법을 다하니 모두들 기뻐하며 아끼지 않는 사람이 없었지. 아녀자가 하는 모든 일도 이미 정밀한 솜씨를 갖추었고, 가야금과 바둑 같은 기예도 빼어나 따를 수 있는 사람이 없었다네.

내가 그녀를 총애하여 오로지 함께 방을 썼는데 그 아이는 매번 아내에게 자식이 없음을 걱정하며 자주 나더러 안방으로 들어가 자도록 해

수절 정절을 지킴.

서 아내와 서먹해져 마음이 끊어지지 않도록 하더군. 내가 금산錦山 고을로 벼슬을 나가는데 일타홍도 따라가 관아에서 몇 년을 함께 지냈다네. 일타홍은 평소에 잠자리를 사양하면서 "자주 저를 가까이하시면 반드시 몸이 상할 수 있습니다" 하고는 나 혼자 자도록 하는 일도 많았네.

어느 날 문득 잠자리를 모시겠노라 자청하기에 내가 그 까닭을 물었다네.

"첩의 죽을 날이 가까이 다가왔습니다. 인간 세상에 있을 날도 많지 않네요. 남은 즐거움을 다하여 유감이 없게 하고자 할 따름입니다."

나는 이상하게 여겼지만 믿지 않으며 말하였지.

"네가 어찌 죽을 날을 안다더냐?"

일타홍이 웃으며 말하더군.

"저는 저절로 알 수 있답니다."

대여섯 날이 지나자 과연 약간 앓았지만 고통까지는 느끼지 않더니 며칠이 지나 눈을 감았다네. 임종 즈음 내게 이르더군.

"삶과 죽음은 천명에 있으니 요절*과 장수*는 매한가지입니다. 게다가 첩이 생전에 군자께 몸을 의탁하여 총애를 입었으니 죽어도 다시 무슨 한이 있겠습니까? 다만 훗날 대감의 무덤 곁에 제 뼈를 묻어 지하에서도 모실 수 있게 해 주신다면 더 바랄 게 없겠지요."

말을 마치더니 홀연히 숨을 거두었는데 얼굴은 마치 살아 있는 듯하였네. 나는 너무나 마음이 아파 손수 염*을 해 주었지. 국법에 죽은 첩을 옮겨 가 장례 지내는 사례가 없어 다른 일로 핑계를 대어 감사께 휴가를 얻어 직접 상여를 끌고 고양高陽의 선산에 묻어 유언을 지켰네. 내가 가다가 금강錦江에 이르러 시를 지었다네.

> 한 줄기 아름다운 꽃을 상여에 싣고 가니,
> 향기로운 혼령은 어디로 떠나 주저하는가.
> 금강 강가 가을비에 상여 깃발 젖으니
> 아름다운 사람의 이별 눈물임을 알겠노라.

 내 마음을 시구에 담은 것일세. 그녀가 죽은 후로 집안에 크고 작은 길흉사가 생기면 반드시 꿈에 나타나 미리 알려 주는데 지금까지 몇 년이 지났지만 한 번도 틀린 적이 없었네. 며칠 전에 다시 꿈에 찾아와 알려 주더군.

 "대감의 생이 이미 다하여 세상을 버리실 날도 머지않았습니다. 제가 며칠 후 맞아 인사드릴 터이니 이제 깨끗이 정리하시고 기다리세요."

 내가 그날 비변사의 자리에 나아가 여러 재상들에게 이별을 고했던 것은 이 때문일세. 지난밤 다시 꿈에 찾아와서 내가 내일 숨을 거둔다고 이르더군. 서로 나눈 이야기가 퍽이나 서글퍼 꿈에서 함께 울었다네. 그래서 아침에 일어났을 때 눈물 흔적이 남아 있던 게지 어찌 죽음을 슬퍼하여 울었겠는가? 자네에 대한 마음은 집안사람과도 같은데, 마

요절 젊은 나이에 죽음.
장수 오래도록 삶.
염 시신을 수의로 갈아입힌 다음, 베나 이불 따위로 쌈.

침 자네가 묻기에 모두 말해 주었으니 다른 사람에게는 알리지 말아 주게나.

공은 과연 다음 날 운명하였다.

[천예록 天倪錄]

기인 이야기

정희량

허암 정희량*의 죽음에 대해 의심하는 말이 야사로 전하는데 이야기
가 자세하다. 남의 운명을 예측하던 그의 신통한 재주는 사람들이 지금
까지도 칭송하고 있다. 그런데도 그의 행적을 살펴볼 만한 기록이 없으
니 우리나라에는 남의 일에 흥미를 갖고 말하기 좋아하는 호사가가 없
음을 알 수 있다. 세상에 전하는 이야기이다.

조정에서 유능한 젊은 관리를 뽑아 학문에 정진하도록 마련한 독서당
에서 정희량이 한 유생과 뱃전에 나란히 앉아 강을 바라보며 즐기고 있
었다. 그때 독서당의 여러 학사들이 한강에서 뱃놀이를 성대하게 열어
화려하게 꾸민 배에 통소 불고 북 치는 고수며 비단옷을 차려입은 기생
들을 태우고 강물 가운데로 흘러가고 있었다. 유생이 그 광경을 멀찌감

치 바라보며 탄식을 뱉었다.

"아아! 저들이야말로 신선이로구나."

"자네는 저 사람들이 부러운가?"

"나는 마흔이 되도록 곤궁한 유생이니 저들과 비교하면 벌레나 날짐승 정도일 뿐이지. 어찌 부럽지 않겠는가?"

"그렇지 않다네. 저들은 모두 걸어 다니는 시체나 다름없어. 자네의 운명은 저들보다 백 배나 나으니 뭣이 부럽단 말인가."

하지만 유생은 그의 말을 믿지 않았다. 갑자사화*가 일어나자 그때의 학사들은 한 사람도 화를 면하지 못하였고, 난리가 진정된 다음 유생은 과거에 급제하여 태평 시대의 재상이 되었다.

이런 이야기도 전한다.

한양 용산 근처 강가 마을에 정희량과 가깝게 지내는 뱃사공이 있었다. 정희량이 그를 위해 운명을 점쳐 다섯 글자씩 네 구절의 한시를 지어 주었다.

바람 만나도 배 멈추지 말고   遇風莫停舟

정희량鄭希良 조선 전기 문신. 1497년 왕에게 경연에 충실할 것과 신하들의 간언을 받아들일 것을 상소하여 왕의 미움을 샀다. 갑자년에 큰 사화가 일어날 것을 예언하였다고 한다. 시문에 능하고 음양학에 밝았으며 문집에는 『허암유집』이 있다.
갑자사화 조선 연산군 10년(1504년)에 폐비 윤씨와 관련하여 많은 선비들이 죽임을 당한 사건. 연산군의 생모 윤씨가 폐위되어 사약을 받고 죽은 일과 관계된 신하들과 윤씨의 복위를 반대한 사람들이 임금의 노여움을 사게 되어 화를 입었다.

기름 얻음에 머리 빗지 말라.	逢油莫梳頭
한 말 석 되의 쌀	一斗三升米
쉬파리가 붓 끝에 앉았네.	靑蠅抱筆頭

뱃사공은 그것이 무슨 말인지 알 수 없었으나 늘상 마음속에 기억해 두었다. 그 뒤 언젠가 뱃사공은 배를 띄워 큰 바다를 건너다가 맞바람을 만나 돛을 내리고 섬에 정박하고자 하였다. 그때 문득 생각이 났다.

"정희량 어른이 일전에 배를 멈추면 안 된다 했는데……."

그는 있는 힘을 다해 뱃머리를 돌려 바람에 맞서 나아갔다. 그때 갑자기 회오리바람이 맹렬한 기세로 산처럼 큰 물결을 몰아오는 것이었다. 뱃사공이 돛대를 펼쳐 파도를 타자 눈 깜짝할 사이에 천 리 길을 달려 그날로 한강에 배를 맬 수 있었다. 당시 함께 갔던 배들 가운데 섬에 정박했던 사람들은 바람과 파도에 휩쓸려 닻을 올릴 겨를도 없이 모두 전복되어 침몰하였고, 뱃사공만 화를 면하였다.

그 후 뱃사공이 다시 멀리 장사를 나갔다가 집에 돌아왔는데 해는 이미 저물었다. 보잘것없이 초라한 집에 문도 낮아 모자를 벗어 들고 몸을 구부려 들어갔다. 마침 문틀 위에 걸어 놓았던 기름 호리병이 상투에 걸려 쓰러지는 바람에 뱃사공의 얼굴이 온통 기름 범벅이 되었다. 그는 상투를 풀어 빗질을 하려다 문득 지난 일이 생각났다.

"정 어른의 말씀을 어길 수 없지."

그는 빗질하려던 손을 멈추었다. 머리카락에 기름이 엉겨 다듬을 수 없어서 머리 뒤편에 한데 모아 어린아이처럼 머리를 묶었다. 이날 저녁에 아내와 함께 잠을 청했다. 그의 아내에게는 몰래 정을 통하던 남자가 있었는데 그가 뱃사공을 해치고자 칼을 차고 찾아왔다. 칠흑 같은 어둠 속이라 두 사람이 머리를 나란히 하고 누워 있으니 남녀를 분간할 수 없었다. 그는 기름 향기를 맡자 부인네가 기름을 바른 것이라 여겨 냄새가 나지 않는 아내를 찔러 죽이고 달아났다.

뱃사공은 새벽녘이 되도록 잠들었다가 문득 피비린내가 코를 찔러 일어나 보니 아내가 피를 흘린 채 쓰러져 있었다. 너무 놀라 소리를 지르니 이웃 사람들이 무슨 일이냐며 한꺼번에 몰려들었지만 끝내 누구의 소행인지 알 수 없었다. 아내의 부모와 형제들이 한 떼거리로 몰려와 큰 소리로 따져 물었다.

"너와 함께 잠들었다 칼에 찔렸으니 네가 한 짓이 아니면 누가 했겠느냐?"

곧장 달려들어 그를 묶어 형조에 고소장을 내었다. 형조의 관리들도 고소장에 쓰인 내용대로 믿어 몇 해 동안 재판을 끌다가 뱃사공은 고문을 이기지 못하고 스스로 거짓 자백을 하였다. 판결문이 완성되어 재판관이 막 붓을 들어 서명을 하려는데 갑자기 쉬파리가 앵앵거리며 붓 끝에 몰려들었다. 재판관은 붓을 들어 휘둘렀지만 흩어졌다 모여들고 다시 날아갔다 모여들기를 그치지 않아 한참 동안 붓을 대지 못하였다.

이때 뱃사공이 머리를 들고 말하였다.

"소인은 지금 죽어 마땅합니다. 하지만 한 가지 의문이 있어 말씀드리고자 합니다."

"하고자 하는 말이 무엇이냐?"

"예전에 정희량 어른이 소인의 운명을 점쳐 주면서 이러이러한 말씀을 하셨습니다. '바람 만나도 배 멈추지 말고'라던 말은 일찍이 그대로 따라 물에 빠져 죽는 것을 면하였지요. '기름 얻음에 머리 빗지 말라'라는 말도 그대로 따랐지만 도리어 이런 뜻밖의 재난에 걸려들었습니다. 그런데 '한 말 석 되의 쌀, 쉬파리가 붓 끝에 앉았네'라는 두 말은 끝내 알 수가 없습니다. 하지만 어찌 정희량 어른의 말이 처음에만 신통하게 맞고 뒤에는 영험함이 없을 리가 있겠습니까? 소인은 이 때문에 의문을 품고 원통한 마음만 더합니다."

재판관은 그의 말을 다 듣고 나서 관원들을 돌아보며 입을 열었다.

"괴상하도다! 마침 좀 전에 파리가 붓 끝에 모여들어 몇 번을 쫓아내도 날아가질 않기에 그저 우연이라고만 여겼었다. 정희량이 앞일을 알아보는 것이 어찌 이다지도 신통하단 말인가!"

평소 사리를 잘 분별하고 명석하다고 칭찬받던 관원 한 사람이 즉시 앞으로 나오더니 귓속말로 아뢰었다.

"정희량이 운수를 미리 아는 데 신이한 재주가 있다고 세상 사람이 모두들 전하고 있습니다. 어떤 사람들은 이 옥사에 의심나는 점이 있다고들 합니다. 그가 '머리 빗지 말라'라고 말한 것은 분명 화를 면할 방도를 보여준 것입니다. 그 당시 만일 머리에 빗질을 해서 기름 냄새가 없었더라면 칼을 맞아 죽음을 면하지 못했을 것입니다. 그렇다면 칼을 들었던 자는 분명 다른 사람이지 않겠습니까?"

"나 또한 의심을 품고 있었다. 하지만 '한 말'이니 '석 되'니 한 것은 진정 무슨 말인가?"

"이 옥사의 해결처는 아마도 여기에 달린 듯합니다. 이는 쉽게 알아낼 수 없으니 제가 송사 내용을 살펴볼 수 있도록 허락해 주시길 청하옵니다."

"그러도록 하여라."

그리하여 재판을 멈추고 모두 해산하였다. 관원은 집으로 돌아가 며칠을 골똘히 생각하다가 갑자기 이런 생각이 떠올랐다.

'한 말의 곡식을 탈곡하면 세 되의 쌀을 얻을 수 있다. 그러면 그 쌀겨[糠]가 일곱 되[七汧]일 테니 강칠승[康七汧]이라는 자가 진범이 아니겠는가?'

다음 날 관아에 달려가 '강칠승' 세 글자를 손바닥에 써서 재판관에게 보여 드렸더니, 재판관은 바로 놀라워하면서 말하였다.

"그대는 참으로 안목이 있구려!"

곧바로 건장한 포졸을 뽑아 관청의 영장을 주어 지시하였다.

"용산 주변 마을에 분명 이런 사람이 있을 터이니 즉시 가서 잡아 오라."

강칠승은 분명 간사하고 악독한 사람이었다. 그는 옥사가 이미 오랜 시간이 지난 데다 뱃사공이 정범으로 정해지자 마음을 놓은 채 걱정이라고는 하지 않았다. 그가 갑자기 붙잡아 가는 이유를 물었지만 포졸들은 형조에서 무언가 조사할 것이 있기 때문이라고만 하였다. 그가 잡혀오자 관원은 매우 기뻐하며 말하였다.

"의심할 것도 없구나."

곧바로 죄인을 추궁할 준비를 갖춰 살인한 내막을 캐물으니 강칠승은 마른하늘에 벼락이 치는 듯하여 사실을 숨길 수 없었다. 그가 하나하나 자백하는데 당시 어둠 속에서 남녀를 구별할 수 없어 단지 기름 향이 나던 사람을 여자인 줄로만 알고 잘못 죽이게 되었다는 것이었다. 옥사가 마침내 해결되자 뱃사공은 죄를 면할 수 있었다고 한다.

정희량의 재주가 참으로 신이하다 하겠다.

[잡기고담雜記古談]

전우치

중종 임금 시절에 전우치는 문장을 잘 짓고 재주도 많은 사람이었다. 몇 차례 과거에 응시하였지만 합격하지 못하고 일찍이 삼각산에 있는 절에서 지내며 글공부를 하고 있었다. 어느 날 밤중에 홀연히 눈썹과 눈동자는 붓으로 그린 듯 아름답고 행동도 차분한 어떤 소년 하나가 찾아와 전우치에게 말을 붙였다.

"산사의 서재에서 공부하느라 밤이 늦도록 잠도 못 이루니 괴롭지 않으시오?"

"스스로 좋아서 하는 일인데 무엇이 괴롭겠소? 그런데 당신은 누구이기에 한밤중에 이 산속을 왔단 말이오?"

"저 또한 이 산속에서 글공부를 하고 있습니다. 당신이 부지런히 공부한다는 소문을 듣고 감히 만나 보러 왔을 뿐입니다."

전우치는 책상 위에 놓인 『주역』을 가리키며 말했다.

"당신은 『주역』을 아십니까?"

"거칠지만 대략은 알고 있습니다."

"가르쳐 주시기를 바랍니다."

이에 책장을 넘기며 어려운 곳을 질문하는데 소년의 식견이 매우 높았다. 전우치는 갑자기 의심이 들었다. 깊은 산을 한밤중에 아무런 이유도 없이 찾아온 것이 그랬고, 나이도 어린 사람이 『주역』의 오묘한 이치를 너무도 자세히 알고 있는 것도 의문이었다. 그래서 요사스런 산귀신이나 나무에 붙은 정령이 아니면 분명 여우가 모습을 바꾼 것이라고 여긴 전우치는 이렇게 말을 꾸며 내었다.

"오늘 밤은 너무 늦었으니 내일 일찍 와서 함께 토론하는 것이 좋겠습니다."

그러자 소년도 그게 좋겠다 하고는 자리에서 일어났다.

다음 날 전우치는 절의 스님들에게 미리 큰 밧줄을 준비해 놓으라고 부탁해 두었다. 소년은 그날 밤에도 찾아왔다. 전우치가 입을 열었다.

"당신은 어째서 낮이 아닌 밤에만 찾아온단 말이오."

"낮에 오기 싫어서가 아니라 낮에는 하는 일이 있어 밤에 올 수밖에요."

그러고는 책을 읽으며 토론을 하던 중 전우치가 말을 꺼냈다.

"내가 당신의 식견에 매우 감탄하여 그대의 손을 잡아 보고 싶습니다."

그는 소년의 손을 덥석 잡더니 곧 스님들을 소리쳐 부르자 스님들이 바로 밧줄을 들고 들어와 꽁꽁 묶어 놓았다. 소년이 말하였다.

"어째서 이렇게 괴롭힌단 말입니까?"

소년이 아무리 살려 달라고 애걸복걸해 보았지만 전우치는 들은 척도 않고 그를 묶어 대들보에 매달아 둔 채 말하였다.

"네가 비록 사람의 모습을 빌렸다지만 여우의 정령임에 분명하다. 날이 밝아 훤한 대낮이 되면 필시 모습을 숨길 수 없으리니 그때 내 칼이나 받아 보아라."

"제게는 하늘에서 받아 온 세 권의 책이 있습니다. 당신께서 저를 풀어 주신다면 반드시 가져다 바치겠습니다."

"네가 책을 놓아둔 장소를 말해 주면 내가 직접 찾아본 다음에 너를 놓아주겠다."

소년은 어느 곳의 어떤 바위 굴에 놓아두었다고 자세히 알려 주었다. 전우치는 건장한 스님 서너 사람에게 큰 몽둥이를 들려 잠도 자지 말고 소년을 지켜보도록 하였다.

다음 날 새벽이 되자 전우치는 자신이 직접 가서 절 뒤편 멀지 않은 장소의 바위 굴을 찾아가 보았다. 과연 소년의 말과 같이 비단 보자기에 싸 놓은 책이 있었다. 묶인 것을 끌러 보니 각각 천지인天地人으로 나누어 적어 놓은 세 권의 책이었다. 하늘 천 자가 쓰인 책에는 바람과 비를 불러내며 구름에 올라탄 채 마음대로 몰고 다니거나, 아무런 힘도 들이지 않고 신선들이 산다는 하늘의 태청궁에 오르는 것과 같이 하늘과 함께 늙지 않는 술법이 실려 있었다. 땅 지 자가 적힌 책에는 산 정상에 뛰어오르고 바다를 건너며, 축지법•이나 바위를 통과해 지나가는

축지법 도술로 지맥(地脈)을 축소하여 먼 거리를 가깝게 하는 술법.

방법과 호랑이와 표범을 부리고 사나운 용을 길들이는 법 등 대지와 함께 살아가는 술수가 기록되어 있었다. 사람 인 자가 쓰인 책에는 하늘의 운명, 땅의 이치, 의술과 약초, 점술, 은둔술, 재해를 피하는 방법처럼 마음먹은 대로 할 수 있는 비법이 모두 자세하게 적혀 있었다.

전우치가 언뜻 보고는 너무도 기뻐 책을 들고 산사로 돌아왔다. 대들보에 매달린 소년은 목숨을 살려 달라고 아우성이었다.

"너를 풀어 보내 주마. 이후로 다시 와서 요망한 짓을 한다면 너를 죽여 용서치 않을 것이다."

이 말을 들은 소년은 약속을 지키겠다고 계속해서 소리 높여 말했다. 소년을 묶어 놓은 밧줄을 풀어 주자 원래의 여우 모습으로 돌아가 달아났다.

전우치는 바로 사람 인 자가 적힌 책을 가져다가 붉은 글씨로 표시해 가며 읽어 나갔다. 다음 날 책 읽기를 거의 마칠 즈음 집안의 심부름하는 아이 하나가 와서는 전우치의 부인이 갑자기 병에 걸려 위독하다는 소식을 전해 주었다. 그런데 전우치는 그 말을 듣고도 못 들은 척하였다. 아이가 몇 번씩이나 집으로 돌아가기를 재촉하였지만 그는 단정하게 앉아 꼼짝도 하지 않는 것이었다. 심부름하는 아이는 너무도 슬픈 소리를 지르며 돌아가고 말았다.

그렇게 떠난 지 얼마 지나지 않아 이번에는 다른 심부름하는 아이가 찾아와 말을 전하였다.

"주인마님이 돌아가셨습니다. 대부인께서는 놀랍고도 슬픈 마음에 병까지 얻으셨는데 그 병세가 여간 대단한 게 아닙니다. 주인어른 얼른 산을 내려가시지요."

전우치는 그것이 환술임을 알고 조금도 마음을 움직이지 않은 채 책 읽기를 멈추지 않았다. 곧이어 집안의 여종이 헐레벌떡 와서는 통곡을 하며 어머님께서 돌아가셨다는 소식을 전하는 것이었다. 전우치는 비록 그것이 거짓인 줄은 알았지만 놀라 마음이 흔들리지 않을 수 없었다. 이에 통곡하며 정신없이 허겁지겁 떠나면서 아이종과 여종에게는 남아서 짐을 정리해 오라고 하였다.

전우치가 집에 당도해 보니 어머니는 아무런 탈이 없이 건강하셨다. 아내도 잘 지내고 있었으며, 절에 올라왔던 두 아이종과 한 여종도 모두 그대로였다. 오히려 집안사람 모두가 그렇게 허둥대는 까닭을 묻는데 아무런 일도 아니라고 대답할 수밖에 없었다. 전우치는 분통함을 견디지 못해 급하게 말에 올라 산사로 달려가서 스님들에게 심부름꾼들에 대해 물어보았다.

"어르신의 종들이 이불이나 요는 가져가지 않고 책 두 권만 가지고 갔습니다. 한 권은 두고 떠났답니다."

전우치가 남겨 둔 책을 펼쳐 보니 바로 사람 인 자가 쓰인 것이었다. 붉은 글씨로 표시해 놓은 것을 싫어하고 두려워했던 때문이었다. 전우치는 세 권 책을 모두 온전하게 지키지 못해 너무도 아쉬웠지만 그 한 권이나마 찾은 것을 다행이라 여겼다.

전우치는 그 책을 가지고 밤낮으로 부지런히 익혀 신묘한 이치며 둔갑술로 모습을 바꾸는 방법까지 모르는 것이 없게 되었다. 전우치가 양반가와 궁궐에도 드나들며 인륜에 어긋나고 불의한 일들을 마구 저질렀지만 그를 막을 수 있는 사람이 없었다. 그도 당시의 세상에서 자신이 두려워하거나 조심해야 할 만한 사람은 없다고까지 생각하였다. 하지만 학자로 유명했던 화담 서경덕* 선생과 도인 윤군평* 이 두 사람만은 무서워하였다. 그러면서도 그 두 사람만 굴복시킬 수 있다면 온 나라를 횡행*하면서 어디를 가든 마음대로 하지 못할 것이 없다고 여겼다.

전우치가 먼저 윤군평이 사는 남원의 향교동을 찾아가 보니 그는 작은 행랑채에 혼자 앉아 있었다. 전우치는 그의 앞으로 나아가 인사를 드리고 말하였다.

"어르신께서 환술을 하실 수 있다고 들었습니다. 한번 보여 주실 수 있으신지요."

"나는 그런 재주를 모른다오."

전우치는 자신의 능력을 보여 주고 싶어졌다.

"소생이 작은 재주를 보여 드리고자 합니다."

그러고는 옷소매에서 붉은 글씨가 쓰인 부적을 꺼내서는 주문 몇 마디를 외우며 던지자 참새로 변해 날아가 버렸다. 조금 있자니 몸통이 굵은 이무기가 소나무 숲에서 꿈틀꿈틀 미끄러져 나와 혀를 날름거리며 곧바로 윤군평이 앉아 있는 곳을 향해 기어가 그의 무릎에 닿을 듯 다가왔다. 윤군평이 서안 위에 놓인 부적 하나를 던지자 이무기는 바로 머리를 돌려 전우치 앞으로 나아갔다. 전우치는 너무 놀라 갑자기 숨이 막혀 꺼꾸러져 쓰러졌다. 얼마쯤 지나서 전우치가 깨어났을 때에는 이무기는 사라지고 없었다.

전우치는 마음속으로 그의 솜씨에 감탄하면서도 여전히 자신의 재주를 자랑하고 싶었다. 그가 다시 부적을 꺼내 주문을 외우며 전에 한 것처럼 던지자 호랑이가 소나무 숲에서 성큼성큼 걸어 나왔다. 호랑이는 눈동자를 번뜩이고 송곳니를 드러내며 윤군평이 있는 곳을 향해 웅크리며 앉는 품이 그를 물어뜯을 기세였다. 윤군평도 서안에 있던 부적을 던지자 호랑이는 바로 돌아서더니 전우치를 향해 펄쩍 뛰어들었다. 전우치는 또 한 번 숨이 멎어 넘어지더니 조금 지나 정신을 차렸는데 역시 호랑이는 보이지 않았다.

전우치는 그제야 무릎을 꿇고 넙죽 절을 드리며 말하였다.

"어르신의 술법이 이 세상 누구보다 뛰어나실 줄은 미처 생각지도 못했습니다."

그는 그렇게 인사를 드리고 떠났다.

윤군평은 그가 떠나고 얼마쯤 있다가 부적을 날려 보내 자신의 아들을 불러 이렇게 일러두었다.

"전우치가 잠시나마 내 재주를 넘보기에 기를 꺾어 욕보이려고 한다. 지금 그가 사헌부에서 형벌을 받고 있을 것이다."

그러고는 부적을 하나 건네주며 말하였다.

"너는 이것을 가지고 가서 내가 일러 주는 대로 일을 처리하거라."

윤군평의 아들은 즉시 사헌부로 찾아가 보았다. 그곳에는 대소 관원

서경덕徐敬德 조선 중종 때의 학자. 이기론(理氣論)의 본질을 연구하여 이기일원설을 체계화하였으며, 수학, 역학도 깊이 연구하였다. 저서에 『화담집』이 있다.
윤군평 조선 초기의 기인. 어려서 무예를 익혀 군관이 된 뒤 서울로 가는 도중에 이인(異人)을 만나 수련법을 전수받았으며, 당시 전우치와 함께 도술이 높은 것으로 유명하였다.
횡행 아무 거리낌 없이 제멋대로 행동함.

이 대청의 위아래로 열을 지어 앉았으며 아전과 사령들은 계단과 뜰에 늘어서 있었다. 전우치는 형벌을 받느라 비명을 지르며 고통스러워하였다. 윤군평의 아들이 부적을 던지자 사헌부 안에 있던 사람들은 하나도 남김없이 사라지고 아무도 없이 텅 비었다. 전우치만이 꽁꽁 묶여 몸을 구부린 채 뜰에 앉아 있었던 것이다. 전우치는 그제야 팔과 다리에 묶인 줄을 풀면서 일어나 윤군평의 아들에게 말하였다.

"이후로는 어르신의 신묘한 도술에 진심으로 승복하겠습니다. 이런 저의 생각을 대신 전달해 주시면 다행이겠습니다."

전우치는 어느 날, 말을 타고 가는 사람이면 누구나 내려서 걸어가라는 표시로 성균관 앞에 세워 놓은 하마비下馬碑 앞을 지나다가 하인들이 윤군평을 모시고 가는 행차를 먼발치에서 보았다. 그는 바로 모습을 숨겨 옷도 내비치지 않도록 하였다. 잠시 뒤 윤군평은 즉시 말몰이꾼이며 시종까지 한 사람의 모습도 드러나지 않게 숨기더니 어디로 갔는지도 찾을 수 없었다. 전우치는 자신도 모르게 몸이 굽어지고 다리에 힘도 풀려 그 자리에 붙여 놓은 것처럼 주저앉게 되더니 사헌부에서 형벌을 받을 때와 마찬가지로 꼼짝도 할 수 없었다.

윤군평은 집으로 돌아와 아들에게 말을 일렀다.

"전우치가 아직도 뉘우칠 마음이 없는 모양이더구나. 그래서 내가 일부러 그렇게 술수를 부려 놓았다. 지금 반나절이 지났으니 풀어 주어야 되겠지."

그리하여 부적을 날려 보내자 얼마 지나지 않아 전우치가 찾아와서는 뵙기를 청하였지만 윤군평은 만나 주지 않았다. 그러자 전우치는 말만 전해 달라고 하였다.

"이후로는 감히 다른 마음을 먹지 않겠습니다."

전우치는 다시 화담 서경덕 선생과 도술을 겨루고자 곧바로 개성으로 향했다. 전우치가 먼저 화담 선생의 동생인 서숭덕을 찾아가 환술을 보여 주니 그는 매우 기뻐하며 전우치에게 마음이 쏠렸다. 화담의 여동생은 아직 시집가지 않았는데 전우치가 하는 것을 보고 역시 매우 신기하게 생각하였다.

어느 날 저녁 노루 한 마리가 앞산에서 소리 내어 울자 서숭덕이 전우치에게 말하였다.

"공께서는 저 노루를 죽일 수 있습니까?"

"그야 쉬운 일이지요."

말을 마치고 부적을 던지자 노루의 울음소리가 바로 그쳤다. 다음 날 아침 서숭덕에게 가서 살펴보게 하였더니 노루는 숲에 죽어 있었다. 이를 본 서숭덕은 더욱 마음 깊이 따르게 되었다. 이에 전우치는 서숭덕을 시켜 자신의 능력을 화담 선생에게 알리도록 하였다. 그의 말대로 서숭덕이 형님에게 대단하게 그를 칭찬하자 화담 선생은 꾸짖으며 물러가도록 하였다. 화담 선생의 누이동생도 말을 넣었다.

"오라버니 한번 만나 보시면 좋겠어요."

이렇게 여러 차례 청하자 화담 선생은 어린 여동생을 꾸짖을 것은 없다고 여겨 웃으며 허락하였다. 드디어 전우치가 찾아와 인사를 드리니 선생이 물어보았다.

"자네는 어쩐 일로 멀리서 찾아와 나를 만나고자 하는가?"

"제가 자그마한 재주가 있어 선생께 보여 드리고자 합니다. 그리해도 될는지요."

"자네 뜻대로 해 보게."

전우치는 밖으로 나가 셀 수 없이 많은 참새 떼를 몰고 와서 선생의 자리 앞에서 날아다니도록 하였다. 서숭덕이 말하였다.

"참으로 기이하지 않습니까?"

여동생도 창문 앞에서 혀를 내두르며 칭찬해 마지않았다. 이때 선생이 한 번 큰 소리로 꾸짖자 참새 떼가 마당에 내려와 앉는데 모두 복숭아 잎으로 변하는 것이었다.

전우치가 다시 부적을 날리자 정원에 있던 큰 벌레가 호랑이로 변해 으르렁거리며 뛰쳐나와 흰 이빨에 붉은 잇몸을 드러낸 채 누린내를 뿜어내었고, 큰 눈알을 굴리고 발톱을 펼치는데 선생을 잡아채 물어 버릴 기세였다.

화담 선생이 다시 소리를 지르자 그 호랑이는 전우치를 잡아 물어뜯어 버리니 그의 숨이 곧바로 끊어졌고 호랑이도 바로 사라졌다.

화담 선생의 아우와 누이동생이 놀랍고 두려워 머리를 조아리며 전우치를 살려 달라고 애걸하였다.

"너희들이 이후로는 요망한 술수에 현혹되지 않을 수 있겠느냐?"

곧 채찍을 들어 전우치를 내려쳤다. 그러자 그는 기지개를 켜듯 몸을 일으키더니 마당으로 내려가 머리를 조아리며 사죄하였다.

"선생님의 경지가 신선이나 할 수 있는 선학仙學에 이른 줄도 모르고 감히 잔재주를 부렸습니다. 죽을 죄를 지었습니다. 죽을 죄를 지었습니다. 제가 하는 것은 환술입니다. 세상 사람들을 우롱할 수 있는 정도지 감히 선술仙術에 비교할 수 있는 것이 아닙니다. 일찍이 승선 벼슬을 지낸 윤군평에게 재주를 부렸었는데 그분도 선술의 경지였기에 제가 대패하였었지요. 지금 선생님의 선술은 더욱 높아 윤군평보다 만의 만 배나 뛰어나십니다.”

“선술이니 환술이니 하는 것은 나는 모른다네. 다만 바른 법도로 사악한 술수를 제압할 뿐일세. 듣자 하니 네가 요망한 술수를 믿고 불의한 일을 많이 행했다더구나. 이후로는 서울에 머물지 말고 먼 지방의 깊은 산으로 거처를 옮겨 다시는 망령되이 요상한 술수를 부리지 않는다면 그만이다. 만일 내 말을 따르지 않는다면 반드시 너의 목숨을 거둘 것이다.”

전우치는 머리를 조아리며 말하였다.

“삼가 가르침을 받들어 이제부터 세상과는 발길을 끊고 사람들이 종적도 모르도록 하겠습니다.”

[죽창한화竹窓閑話]

기이한 이야기

귀신을 손님으로 맞은 사람

남대문 밖에 심씨 양반 한 사람이 살고 있었다. 이 심씨 양반은 살림이 가난하여 갈아입을 옷조차 넉넉지 못하였다. 심씨는 병마절도사 벼슬을 지내는 이석구와 친척인지라 그 덕분에 입에 풀칠은 하고 지낼 수 있었다.

순조 임금께서 즉위하신 지 16년(1816년)이 되던 지난해 겨울철 어느 날 낮에 심씨가 한가하게 있는데 문득 바깥채 천장 위에서 쥐가 지나다니는 소리가 들렸다. 심씨는 쥐를 쫓기 위한 방법으로 곰방대를 들어 천장을 툭툭 건드려 보았다. 그런데 천장에서 말소리가 났다.

"나는 쥐가 아니라 사람이오. 당신을 만나 보려고 산 넘고 물 건너 여기까지 찾아왔으니 이리 박하게 대하지 마시게."

심씨는 놀랍고도 의아한 생각이 들어 귀신인가 여겼는데 백주대낮에 어찌 귀신이 나타날 리가 있을까도 싶었다. 한참을 긴가민가하고 있자니 다시 천장에서 소리가 들렸다.

"내가 멀리서 오느라 너무도 배가 고프니 밥 한 그릇만 가져다 먹여 주시구려."

심씨는 그 말에 대꾸도 하지 않고 곧장 안방으로 들어가 사정을 말하였다. 집안 사람들이 아무도 믿지 않았는데 그 말이 끝나자 공중에서 소리가 났다.

"여러분께서는 서로들 모여 저에 대해 이러쿵저러쿵 말하지 마십시오."

그 소리를 들은 아녀자들이 무척이나 놀라 달아났다. 그 귀신은 아녀자들을 쫓아가며 연달아 소리쳤다.

"놀라 달아날 것 없습니다. 저는 장차 당신 댁에 오랫동안 머물며 집안사람처럼 지내려 하거늘 어째서 이다지 야박하게 하십니까."

귀신은 부녀자들이 이리 달아나고 저리 숨어도 그 머리맡에서 밥을 내놓으라고 연신 소리치는 것이었다. 어쩔 수 없이 밥과 반찬을 말끔히 한 상 차려다 마루에 놓아 주었다. 그러자 밥 먹고 물 마시는 소리가 나더니 순식간에 음식이 사라져 다른 귀신들이 하는 것과는 달랐다.

집주인은 매우 놀라워 물어보았다.

"너는 어떤 귀신이며, 무슨 까닭으로 우리 집에 왔느냐?"

"나는 문경관이라 하오. 돌아다니다가 우연히 댁에 들렀답니다. 지금 밥 한 그릇 얻어먹었으니 이제 가 보겠습니다."

그렇게 인사를 하고는 사라졌다. 다음 날이 되자 귀신은 다시 찾아와 어제처럼 먹을거리를 찾았다. 그러다 먹고 나면 바로 사라졌다. 이로부터 날마다 찾아오는데 간혹 밤새 이야기를 나누기도 하였다. 집안사람들은 이런 일이 오래되자 익숙해졌고 두려워하지도 않았다.

하루는 주인이 부적을 써서 벽에 붙여 두고 요망한 것을 물리치는 물건들을 앞에다 늘어놓았다. 귀신이 다시 와서는 말하였다.

"나는 요망한 것이 아닌데 어찌 이런 술법을 두려워하겠소. 얼른 치우시어 오는 사람을 막지 않겠다는 마음을 보이시오."

주인은 어찌하지 못하고 부적을 치워 버렸다. 그리고 물어보았다.

"너는 앞날의 화복을 알 수 있느냐?"

"소상히 알고 있습지요."

"앞으로 우리 집안의 길흉화복이 어찌 되겠나?"

"당신은 육십구 세까지 살다가 불쌍하게 삶을 마칠 것이오. 자식들은 얼마까지 살겠고, 손자 대에 가서나 과거에 급제하겠지만 현달하지는 못하리다."

그 말을 들은 심씨는 깜짝 놀랐다. 다시 집안의 아무개 부인이 몇 세까지 사시며 자식은 얼마나 낳겠냐고 물어보니 귀신은 일일이 대답해 주었다. 그리고 귀신은 이런 말을 하였다.

"내 쓸 곳이 있으니 당신은 이백 전만 마련해 주시길 바라겠소."

"네가 말해 보거라 우리 집이 가난한지 부자인지?"

"가난이 뼈에 사무치지요."

"그런데 돈을 어디서 마련한단 말이냐."

"당신 집안 어느 궤짝에 돈이 있지 않소. 얼마 전 빌려다 놓은 두 꾸러미를 어째서 내게 주지 않는 거요."

"내가 온갖 구차한 소리로 그 돈을 빌렸네. 지금 네게 주면 나는 저녁밥 지을 돈도 없으니 어쩌란 말이냐."

"당신 댁에 얼마간의 쌀이 있으니 저녁밥 짓기에 넉넉할 텐데 어찌 이런 거짓부렁으로 속이려 하시오. 내 의당 이를 가져갈 터이니 화내지 마시구랴."

그러고는 훌쩍 자리를 떠났다. 심씨가 궤짝을 열어 보니 자물쇠는 그대로였지만 돈은 사라지고 없었다.

심씨는 괴로움이 심해지고 속이 부글부글 끓어 아녀자들은 친가로 보내고 자신은 친한 친구 집을 찾아가 머물렀다. 하지만 귀신은 다시 찾아와 성을 냈다.

"어쩐 일로 나를 피해 이리 멀리 숨는단 말이오. 당신이 천 리를 달아나 숨더라도 내 어찌 눈 깜짝이라도 할까 싶소?"

말을 마치고 나서 집주인에게 먹을거리를 찾았지만 주인이 내주지 않자 귀신은 한층 더 욕지거리를 하며 그릇들을 깨부수었다. 저녁이 되도록 시끄럽게 굴자 주인은 심씨를 원망하며 깨진 그릇 값까지 요구하였다. 심씨도 마음이 불안해 새벽이 되기를 기다렸다가 집으로 돌아갔다. 귀신은 다시 아녀자들이 있는 거처로 찾아가 마찬가지로 시끄럽게 굴었다. 부인네들도 어쩔 수 없이 집으로 돌아갔고, 귀신도 전처럼 왕래하였다.

하루는 귀신이 말하였다.

"이제 이별하렵니다. 잘 지내시길 바라옵나이다."

"너는 어디로든 가거라. 제발 얼른 떠나 우리 일가를 편안하게 해 주려무나."

"우리 집이 영남 지방 문경현이지요. 아주 고향으로 돌아가렵니다. 하지만 노자가 부족하니 돈 열 꿰미만 노잣돈으로 주십시오."

"내가 먹을 것도 없이 가난하다는 사정은 네가 너무도 잘 알 터이다. 그 많은 돈을 어디서 구하겠느냐."

"이런 사정을 절도사 댁에 말씀드려 구한다면 손바닥 뒤집듯 쉬운 일 아니겠소. 어째서 마련할 생각은 않고 나를 내쫓는 게요."

"우리 집안의 죽 한 그릇과 옷 한 벌도 모두 절도사에게 의지한다네. 그 은혜가 형제와도 같지만 눈꼽만큼의 은혜도 갚지 못해 늘 얼굴이 화끈거리고 맘이 편치 않거늘 지금 또 무슨 면목으로 다시 일천 전을 바란단 말이냐."

"이미 제가 당신 집안을 시끄럽게 만들었으니, 당신이 만일 절도사에게 이 돈을 마련해야만 귀신이 떠난다 하더라고 진심으로 아뢴다면 그가 어찌 도와주지 않겠습니까."

심씨는 핑곗거리도 없고 말도 궁해 귀신을 속일 수가 없었다. 결국 이 절도사에게 부탁하였더니 과연 흔쾌히 허락하는 것이었다. 심씨는 돈을 받아 집으로 돌아와 궤짝 속 깊은 곳에 숨겨 두고는 한가로이 앉아 있었다. 머지않아 귀신이 다시 오더니 기뻐서 웃으며 말하였다.

"후한 정성에 깊이 감사드립니다. 은혜로운 노자가 생겼으니 이제 먼 길을 떠나는 데 걱정이 없습니다."

심씨는 귀신에게 속여 말하였다.

"내가 누구에게 돈을 얻어 네 노자를 마련했겠느냐?"

귀신이 웃으며 말하였다.

"선생이 성실한 사람이라 여겼더니 지금 어째서 농담을 하신답니까."

귀신이 다시 입을 열었다.

"내 이미 궤짝에서 당신의 돈을 가져왔다오. 두 꿰미와 다섯 푼을 남겨 작은 성의를 보입니다. 당신께서 술을 사다가 한 번 취하실 정도는 될 겁니다."

그러더니 인사를 하고는 사라졌다.

심씨 집안의 남녀노소가 덩실덩실 춤을 추며 경사라고들 하였다. 그렇게 열흘이 지나자 또다시 공중에서 귀신이 안부를 묻는 소리가 들렸다. 심씨는 너무도 화가 나서 말하였다.

"내가 남에게 애걸복걸하며 돈 열 꿰미를 네게 마련해 주었으니 너는 마땅히 고마워할 줄 알아야 한다. 이제 다시 약속을 저버린 채 은혜를 잊고는 다시 와서 골칫거리를 만드느냐. 내 반드시 관왕묘●에 빌어 네 이놈 귀신을 없애 달라 하마."

"저는 문경관이 아니옵니다. 무슨 은혜를 저버렸다는 말씀이십니까?"

"그러면 너는 누구냐?"

"저는 문경관의 아내이옵니다. 당신 댁에서 귀신을 잘 대접하신다기에 먼 길을 마다않고 이렇게 찾아왔답니다. 당신이 의당 기쁘게 맞아야

관왕묘 중국 삼국 시대 촉한의 장수 관우의 영(靈)을 모시는 사당.

하거늘 도리어 꾸지람을 하신단 말입니까? 더구나 남녀 간에 공경함이 선비의 행실이거늘 당신은 만권의 글을 읽고 무엇을 배운 것이오?"

심씨는 기가 막혀 억지로 웃을 뿐이었다. 귀신이 날마다 찾아왔다고 하는데 그후에 어찌 되었는지는 듣지 못해 아쉽다. 당시의 호사가들이 심씨를 앞다퉈 찾아가 귀신과 말해 보고 싶어 해 그 집 문 앞은 말과 수레 소리로 시끌벅적했다고 한다. 학사 이의조가 하룻밤 묵으며 이야기를 나눴다 하니 괴이한 일이다.

[청구야담靑邱野談]

두 번의 전쟁을 겪은 가족

　남원에 정씨鄭氏로 이름은 전하지 않는 사람이 있었다. 그는 젊어서부터 통소 불기와 노래를 잘하였다. 또한 의기가 호탕하여 자잘한 규범에는 신경을 쓰지 않았으며 학문을 익히는 일에는 게을렀다. 정씨의 집에서 같은 고을에 사는 양갓집에 청혼을 하였는데 그 집 딸의 이름은 홍도紅桃였다. 두 집안이 혼인을 맺기로 의논하여 결혼 날짜가 이미 얼마 남지 않은 때였다. 홍도의 아버지는 정생이 배우지 않았다는 이유로 혼인을 거절하려고 했다. 이 말을 들은 홍도는 부모님께 말씀을 올렸다.

　"결혼은 하늘이 정해 주는 것이라고 합니다. 일이 이미 정해졌으니 처음 정한 사람에게 시집감이 마땅한데 중도에 약속을 저버림이 옳을지요?"

　그 아버지는 딸아이의 말에 마음이 움직여 마침내 정씨와 결혼을 시켰다. 결혼하고 두 해가 되던 때 아들을 낳아 몽석夢錫이라 이름을 지었다.

임진왜란(1592년)이 일어나자 정씨는 활을 쏘는 사군射軍으로 왜적을 막았다. 그 후 다시 정유재란(1597년)이 일어나 중국 명나라에서 구원하러 온 총병總兵 양원楊元이 남원을 지킬 때 정씨도 성안에 함께 있었다. 홍도는 남자 복장으로 남편을 따라다녔는데 군대 안에선 그 사실을 몰랐다. 아들 몽석은 할아버지를 따라 지리산으로 들어가 난리를 피하고 있었다. 남원성이 함락되자 정씨는 총병의 군대를 따라 탈출하였지만 홍도와는 헤어지고 말았다. 그는 자신의 아내가 명나라 군대를 따라갔으리라 여겼다. 명나라 군대를 좇아 중국으로 들어간 정씨는 여기저기서 동냥을 하며 절강 지역에 도착해 아내를 두루 찾아보았다.

어느 날 도교 사원의 도사와 함께 배를 타고 달이 밝은 밤에 통소를 부는데 이웃한 배에서 어떤 사람이 혼잣말을 하는 것이었다.

"이 통소 소리는 지난날 조선에서 듣던 곡조와 닮았구나."

정씨는 궁금해졌다.

"내 아내가 아닐까? 아내가 아니라면 어떻게 이 곡조를 안단 말인가?"

그래서 다시 지난날 아내와 주고받던 노래를 부르자 그 사람은 놀라 손뼉을 마주치며 소리치는 것이었다.

"이 사람은 내 남편이다."

정씨는 매우 놀라 곧장 작은 배를 타고 찾아가고자 했다. 이때 도사가 한사코 막으며 말했다.

"여기 이민족들의 장삿배에는 왜인들이 섞여 있습니다. 지금 당신이가 봐야 좋은 일보다는 도리어 해만 입을 것입니다. 날이 밝기를 기다렸다 내가 가서 잘 처리하도록 하겠습니다."

새벽이 되자 도사는 수십 냥의 돈을 준비해 집안의 장정 몇 사람과 함께 찾아가 좋은 말로 알아보니 과연 정씨의 아내였다. 이렇게 만난 두 사람이 함께 손을 부여잡고 목 놓아 울기 시작하자 배에 있던 사람들도 모두 놀라고 기이하게 여기며 슬퍼하고 탄식하는 것이었다.

남원이 적에게 함락될 당시에 홍도는 왜군에게 사로잡혀 일본으로 가게 되었다. 일본 사람들이 남자의 차림새만 보고 부녀자인 줄은 모른 채 남자 일꾼들 사이에 놓아두어 이리저리 팔려 다니다 마침내 상선을 따라다니게 되었던 것이다. 홍도는 남자가 하는 일에 잘하는 것도 못하는 것도 있었지만 노 젓는 일을 잘 도왔다. 절강 지역까지 왔던 것은 그 기회에 조선으로 돌아갈 수 있으리라 여겼기 때문이다.

정씨는 홍도와 절강 지역에서 지내게 되었다. 절강 사람들도 모두가 불쌍하게 여기며 저마다 은전이나 곡식을 보태 주어 겨우 먹고 지낼 수 있었다. 부부는 다시 아들을 낳아 몽진夢眞이라 하였고, 열일곱 살이 되자 장가 보낼 곳을 구해 보았지만 조선 사람이라는 이유로 아무도 허락하질 않았다. 그런데 어떤 한 처자가 몽진과 혼인하기를 청하며 말하였다.

"저의 아버님은 조선에 군인으로 가셨다가 돌아오지 않으셨습니다. 저는 이 사람과 혼인을 올려 조선에 가서 아버님이 돌아가신 곳을 찾아 혼령이나마 모셔 제사를 지내고자 합니다. 아버지께서 전사하지 않으셨다면 만의 하나 다시 만날 수도 있겠죠."

그래서 그 처자는 몽진에게 시집가 함께 살게 되었다.

무오년/戊午年(1618년) 명나라가 여진족이 세운 후금後金을 정벌하기 위해 북쪽으로 군대를 진격시키자 정씨는 장수 유정劉綎의 군대에 뽑히게 되었다. 여진족을 정벌하다 유정은 패전하여 죽음을 당하였다. 여진족 병사들이 명나라 군사를 무찔러 모두 죽이려 하자 정씨는 크게 소리쳤다.

"나는 중국 사람이 아니라 조선 사람이오."

여진족은 그를 풀어 주어 죽이지 않았고, 정씨는 조선으로 달아났다. 그는 남원을 향해 내려가다가 충청도 니산현*에 이르러 다리에 종기가 생겨 침을 놓아 줄 의원을 구했는데 그는 바로 중국 병사였다. 지난날 중국 군대가 회군할 때 뒤떨어졌던 사람이었다. 그의 이름과 살던 곳을 물어보니 다름 아닌 아들 몽진의 장인이었다. 그간의 사정을 물으며 서로 붙잡고는 통곡을 하였다.

두 사람은 함께 남원으로 돌아가 정씨가 살던 집을 찾아보았다. 아들 몽석이를 만났는데 아내를 얻어 자식을 낳아 살던 집에서 지내고 있었다. 정씨는 이미 아들을 만난 데다 중국에서 낳은 아들 며느리의 친정 아버지도 만나 외롭거나 쓸쓸함에 약간의 위안을 얻었지만, 홍도와 만났다가 다시 헤어져 울적한 마음에 즐거울 일이 없었다.

이렇게 한 해가 지나 중국에 남은 홍도는 집안 살림을 이리저리 팔아 작은 배를 빌리고, 아들 몽진과 며느리를 데리고 중국, 일본, 조선의 세 가지 복장을 마련해 절강을 떠났다. 도중에 중국 사람을 만나면 중국 사람이라 하고, 일본 사람을 만나면 일본 사람이라 하였다. 한 달하고 스물닷새 만에 제주도의 추자도楸子島 바깥 바다에 있는 가가도佳可島에 배를 대었다. 남은 식량을 보니 여섯 홉 정도뿐이어서 홍도는 몽진에게 일러두었다.

"우리가 배에서 굶어 죽으면 분명 물고기 밥이 되고 말겠구나. 그러느니 섬에 올라가 목을 매어 죽는 것이 낫겠구나."

그 며느리가 힘껏 만류하였다.

"우리들이 한 홉의 쌀로 죽을 끓여 마셔 하루 동안의 굶주림을 견딘다면 충분히 엿새를 버틸 수 있습니다. 게다가 동쪽을 보아하니 어슴푸레 육지가 있는 것도 같습니다. 굶주림을 견디며 살길을 찾는 게 낫지요. 행여라도 지나가는 배를 만나 육지로 건너가게 된다면 십중팔구는 살 수 있습니다."

몽진과 홍도는 그 말을 따르기로 하였다. 대엿새가 지날 즈음 수군통제사의 사수선斜水船이 와서 정박하는 것이었다. 홍도는 남편과 남원에서 헤어졌던 까닭과 절강에서 만났던 일이며 다시 남편이 북쪽으로 전쟁에 나갔다가 죽은 이유를 모두 말해 주었다. 그 배에 탔던 사람들은 이야기를 듣고 안타까워하였다. 그리고 홍도가 탄 작은 배를 끌어다 사수선의 꼬리에 묶어 전라도 순천順天 땅에 내려 주었다.

홍도는 아들과 며느리를 데리고 남원의 옛집을 찾아가니 남편이 아들 몽석뿐만 아니라 몽진의 장인과도 함께 살고 있는 것이었다. 온 집안이 모두 온전할 뿐 아니라 혼인한 가족까지도 탈 없이 지내고 있어 그 즐거움은 봄날 기운처럼 무르녹아 넘쳐날 지경이었다.

니산현尼山縣 지금의 충청남도 논산 지역.

태사공太史公은 말한다.

"정씨는 조선 사람이다. 난리 와중에 아내를 잃었다가 멀리 중국에서 만났다. 홍도는 남편과 전쟁통에 헤어져 세 나라를 거치면서도 남자의 복장으로 모습을 바꿔 자신을 지킬 수 있었다. 몽진의 아내는 스스로 다른 나라 사람과 혼인하여 부친이 죽은 곳을 찾아보고자 하여 마침내 한곳에서 만나게 되었다. 한집안 여섯 사람이 기약도 없이 만난 일은 모두 만 리 밖의 바람과 파도치는 다른 나라에서 겪은 것이다. 이는 비록 이치로 따지기 어려운 만일의 행운에서 나온 것이지만 어찌 지극한 정성에 귀신이 감동한 것이라 하지 않을 수 있겠는가? 기적이며 특이하도다!"

[어우야담於于野談]

시로 엮은 여항인

서
문

나°는 태어나서 일찍 학문에 눈을 떠 예닐곱 살에 경전과 역사책을 외우고 제자서諸子書와 선인들의 문집을 읽었으며, 붓글씨를 익혀 문장 짓는 법을 배웠다. 이 때문에 선생과 어르신들이 많이 사랑해 주시어 모임 자리에 함께하도록 해 주셨다. 나 또한 그분들이 나누는 말씀 듣는 것을 좋아해 하루도 곁을 떠나지 않았다. 어르신들의 연세가 모두 일흔을 넘기셔서 보고 들었던 이야기를 나누시며 술잔을 권하거나 한시漢詩를 짓는 일로 하루를 보내곤 하였다. 나는 그것을 일일이 기록해 두고 하나하나 간수하여 주머니에 이미 가득하였다. 장성하여 나는 사방으로 돌아다니고 세상일도 두루 경험하면서 견문이 더욱 넓어져 내 기억에 남은 것을 점검해 보니 마치 장서가가 서책을 겹겹이 쌓고 분야별로 늘어놓은 것 같았다. 나는 스스로 기뻐하며 생각하였다.

"기억력이 감하기 전에 편안하게 한가한 시간을 내서 모두 다 저술하리라. 괜히 모두 잊어버려 막심한 후회를 하지 않으리라."

하지만 게으른 탓도 있고 글이 완성되어도 요임금, 순임금이나 공자와 같은 성인의 도덕에 조금의 도움도 되지 않아 자질구레한 이야기와 같을 뿐이라는 생각이 들었다. 그래서 차라리 짓지 않는 것이 옳겠다

싶어 머뭇거리며 완성하지 못하였다.

올해 거의 죽을병이 들었다 살아났다. 그때는 한여름 무더운 때였고 거처도 초라하고 좁아 뜨거운 햇살 아래 숨을 헐떡이며 날을 보낼 방도가 없었다. 예전에 적어 두었던 글을 한번 꺼내 보니 열에 한두 개도 남지 않았다. 남은 글들도 잘못 적은 것이 많았다. 내 몸이 이리도 심하게 쇠약해졌단 말인가.

마침내 아이들에게 붓을 들려 베개에 기대어 기이한 일을 적은 시와 짧은 인물 전기를 몇 편 적도록 하였다. 사람들의 시빗거리나 국가의 법에 관계되는 일은 하나도 기록하지 않았다. 말하고 싶지도 않지만 이미 잊어버렸기 때문이다.

아, 이 책으로 시골에서 초심을 이루지 못함을 안타까워하고, 병들어 남은 생애를 한탄하며, 잠을 쫓고 더위를 보낼 거리로 삼을 뿐이다. 나와 같은 사람이 이 글을 보면 망령이 들었다 안타까워하리라. 공자께서도 괴이하고 신이한 일에 대해 말씀하지 않으셨는데 어째서 이런 글을 지었느냐고 하지 않는다면 참으로 다행이겠다. 글을 급하게 완성하느라 솜씨 없는 글을 엮었으니 어찌 제정신이 없다는 꾸지람을 듣지 않겠는가?

º 조선 후기의 여항시인閭巷詩人 조수삼趙秀三(1762~1849년)이다. 그는 관직에 나간 이력이 없고 많은 여행을 다니며 많은 시를 남겼다. 특히 그는 「기이(記異)」라는 작품에서 여항인閭巷人, 즉 일반 백성들의 삶을 소재로 많은 시를 지었는데, 앞으로 소개할 내용이 바로 그것이다.

은화를 양보한 홍씨와 이씨

한양에 사는 오천梧泉 이씨는 몇 대에 걸쳐 부를 이룬 집안 사람이었다. 하지만 증손자에 이르러 재산을 탕진해 알거지 신세가 되자 살던 집마저 홍씨에게 팔고 말았다. 마침 그 집의 대청마루 기둥 하나가 기울어 넘어질 지경이어서 홍씨는 새 기둥으로 손질하고자 하였다. 그런데 드러난 낡은 기둥 안에 작은 은화가 삼천 냥이나 들어 있었다. 이는 이씨의 선조가 숨겨 두었던 것이다. 홍씨는 이씨를 찾아 은화를 돌려주려 하였다. 하지만 이씨는 사양하며 이렇게 말하였다.

"이 은화가 비록 우리 선조께서 숨겨 두신 것이라고는 하지만 증거로 삼을 문서도 없습니다. 집은 벌써 당신께 팔았으니 은화 역시 당신의 소유인 것입니다."

이러면서 서로 자신의 것이 아니라며 양보하기를 그만두지 않자 이 소문이 관아에까지 알려졌다. 관아에서는 다시 조정에 아뢰었고, 임금께서 이렇게 말씀을 내리셨다.

"나의 백성 가운데 이처럼 어진 사람들이 있었더란 말이냐. 그러니 지금 사람이 옛사람만 못하다 말할 수 있겠느냐."

그 은화를 반씩 나눠 갖도록 명하신 다음 두 사람 모두에게 벼슬을 내리셨다.

> "이씨 선조 남긴 은화 홍씨가 어이하랴" 하니, 洪家何管李金傳
>
> 사양함도 어질지만 양보함도 어질도다. 辭者賢如讓者賢

| 임금께서 기리시어 풍속을 보살피니, | 聖世旌褒敦薄俗 |
| 이웃 나라 어느 곳에 땅 다툼 그만둘까. | 鄰邦幾處息爭田 |

신선을 몰라 본 유생兪生

유생은 남양南陽 고을에 사는 선비이다. 어려서 산으로 유람하기를 좋아하여 신선에 관해 이야기하기를 잘하였다. 그는 집안이 부유하고 넉넉하였기에 화려한 안장을 얹은 말에 올라타 노비를 거느리고 나라 안 명승지를 두루 유람하였다. 추운 겨울이나 더운 여름이라고 해서 유람을 그만두지 않았으며, 늘 이렇게 말하였다.

"사계절의 풍경은 모두 같지 않다네."

한번은 큰 눈이 내리는 것도 무릅쓰고 금선대金仙臺를 찾아가 머물렀다. 얼마쯤 있자니 두 노인과 한 소년이 들어오는데 밤은 이미 깊었다. 세 사람을 살펴보니 모두가 앞가슴을 풀어헤치고 버선발인 채여서 귀신인가 괴물인가 의심이 들자 두려운 마음이 들었다. 잠시 후 세 사람이 이야기를 나누었다.

"날씨가 매우 춥구나. 술을 마시는 게 좋겠다."

그러고는 소매에서 술 한 병과 파초 잎사귀 하나를 꺼내었다. 그런데 잎사귀에는 어린아이의 손이 몇 개 보였고, 술병에 담긴 맑은 술은 마치 피인듯 싶었다. 유생은 너무도 놀라운 일이라 감히 말도 꺼내지 못했다. 세 사람은 한 잔씩 마시고 손 하나씩을 안주로 삼더니 다시 술을 따라 유생에게 권하며 손도 하나 먹어 보라는 것이었다. 유생은 사양하며 말하였다.

"저는 천성적으로 맞지 않아 술과 고기는 입에도 대 본 적이 없습니다."

세 사람은 웃으며 말하였다.

"그대가 먹지 않는다니 우리가 먹으리다."

그들은 곧 남은 것을 모두 먹고는 문을 나섰는데 어디로 갔는지 찾을 수 없었다. 유생이 처음에는 놀라워하다가 퍼뜩 드는 생각이 있어 잎사귀 위에 남은 냄새를 맡아 보니 향기가 그윽하였고, 혀로 핥아 보니 달콤함이 온몸으로 퍼지는 듯하였다. 그제서야 유생은 신선을 직접 만나고도 알아보지 못한 채 지나쳤음을 깨달았다. 그는 평생토록 이 이야기를 할 때마다 눈물을 흘리며 자신에게 복이 없다며 한탄하곤 하였다.

금선대 위에서 만난 신선들,	金仙臺上見霜眉
잔에 가득 인삼술 영지로 안주 삼네.	蔘液盈杯佐肉芝
눈앞에서 몰라본 일 천고의 한이러니,	當面錯過千古恨
유생의 슬픈 얘기 소싯적 일이라오.	俞生泣說少年時

피리 부는 산사람

산사람이 어떠한 인물인지는 알 수가 없다. 그는 매년 단풍이 한창 붉어질 때면 피리를 불면서 북한산성에서 동대문을 나가 경기도 철원에 있는 보개산으로 향했다. 그는 머리에는 삿갓을 쓰고 등에는 비 올 때 입는 도롱이를 걸쳤으며, 걸음이 빨라 나는 듯하였다. 많은 사람들이 그를 보았다.

삿갓 쓴 이 올 적이면 바람도 서늘하네,	簧笠來時風颯然
산사람은 귀신도 아니오 신선도 아니라오.	老人非鬼亦非仙
한 소리 쇠 피리로 어디로 가시는가,	一聲鐵笛歸何處
청산에 단풍 들어 지난해와 같겠구려.	紅樹靑山似去年

송 생원

송 생원은 집안이 가난하여 아내도 얻지 못하였다. 하지만 그는 한시만은 잘 지었고, 일부러 미친 척하며 이곳저곳 유람하며 즐기었다. 사람들이 한시에 넣을 글자를 불러 주면 즉시 글자에 맞춰 지어 내어 마치 북채에 맞춰 북소리가 울리는 것과도 같았다. 그는 한시 한 구절에 엽전 한 닢을 받았는데 손에 받들어 주면 받아 넣었고 땅에 던져 주면 돌아보지도 않았다. 종종 아름다운 글귀가 많았는데「같은 고을의 파발꾼을 배웅하며送同鄕驛子」라는 한시가 그러했다.

천 리 타향 만났건만 만 리 길로 헤어짐에,	千里相逢萬里別
강변 성곽 꽃은 지고 빗방울도 흩뿌리네.	江城花落雨紛紛

그렇지만 하나의 작품 전부를 보여 주는 경우는 없었다. 어떤 사람에게 들으니 은진 송씨 집안사람들이 그의 신세를 안타깝게 여기고 집을 마련해 머무르게 하였더니 다시는 떠돌지 않았다고 한다.

°강변 성곽 꽃은 지고 빗방울도 흩뿌리네.	江城花落雨紛紛
전하는 좋은 글귀 값은 한 푼이라오.	佳句人間直一文
뚜껑인 양 둥글둥글 연붉은 해가 뜨면,	日出軟紅團似盖
아이들 서로 다퉈 송 생원 따라가네.	兒童爭逐宋生員

복흥이

복흥이는 어떤 사람인지 알 수 없다. 그의 성을 물어보면 모른다 하였고, 이름이 무언가 하고 물으면 복흥이라 하였다. 나이는 오십여 세 정도로 보였지만 아직도 총각 신세였다. 날마다 도성 안에서 먹을 것을 얻었는데 동대문, 서대문, 남대문마다 구걸하는 날을 정해 두어 차례를 어긴 적이 없었다. 밤이 되면 사용하지 않는 관아에서 묵으면서 돗자리를 깔아 놓고 밤새도록 『맹자』 읽기를 쉬지 않았다.

맑은 눈동자에 더벅머리 귀신 같고,	湛晴鬅髮鬼公如
날짜를 정해 두고 한 끼니 구걸하네.	排日人家一飽餘
돗자리 하나로 이불 삼고 요를 삼아,	藁薦半衾兼半席

웅얼웅얼 밤을 새워『맹자』를 읽는구나.　　　　喃喃終夜誦鄒書

참외 파는 늙은이

대구성 밖에서 참외를 파는 늙은이가 있었다. 해마다 품종이 좋은 참
외를 심어 열매가 익으면 길가에서 장사를 벌여 놓고 길 가는 사람을 만
날 때마다 먹어 보라고 권하였다. 손님이 참외 값이 있고 없는지는 따
지지 않아 있으면 받고 없어도 그만이었다.

동릉후* 맛난 오이 열 고랑 밭을 일궈,　　　東陵嘉種十畦田

참외가 익을 때는 덥디더운 계절이네.　　　瓜熟時丁熇暑天

신선의 선약인가 칼 댄 곳 단물 흘러,　　　絳雪玄霜隨刀滴

쟁반 담아 갈증 풀고 돈일랑 상관 않네.　　　擎盤施渴不論錢

○앞의 시는 세간에 풍설로 전하는 것을 조수삼이 기록한 것이고, 아래의 시는 '시로 엮은 여항인'의
저자 조수삼이 지은 한시이다. 조수삼의 시에 세간에 전하는 시구의 일부가 섞여 있다.
동릉후東陵侯　한나라 소평(邵平)이라는 사람이 동릉후의 벼슬을 그만두고 오이를 기르며 지냈는데, 그
맛이 좋았다고 한다.

돌 깨는 사람

돌 깨는 사람은 자루에서 대여섯 촌 길이에 크기가 팔뚝만 한, 물에 닮은 오석烏石을 꺼내 놓고 앉아서 구경꾼을 기다렸다. 그는 왼손 검지와 새끼손가락에 돌을 받치고 가운뎃손가락으로 눌러두고 오른손을 주먹 쥐어 한 번 내리치는데 돌이 두 동강이 나서 한 번도 실수하는 적이 없었다. 다른 사람들이 도끼로 마구 두드려 보았지만 너무도 단단해서 깰 수가 없었다. 그는 돌아갈 때면 깨진 돌을 태양에 비춰 살펴보고서 어떤 것은 자루에 담아 가고 나머지는 모두 땅에 버려두었다. 식견 있는 사람이 이렇게 말을 하였다.

"이 사람은 아마도 돌을 구워 먹는 방법을 아는 사람일 것이다."

물결에 닮고 닮아 돌에선 빛이 나고,	浪磨波砑石生光
서너 촌 굵기에 길이는 반 자 남짓.	數寸圍圓半尺長
한 주먹에 반을 갈라 햇빛에 비춰 봄은,	拳打中分窺向日
돌멩이 불에 굽는 묘법을 아는 게지.	心知煮熟有新方

소금 거사

거사는 호남 사람으로 소금을 짊어지고 돌아다니며 팔았다. 언젠가 강원도의 오대산에 도착해 보니 마침 여러 스님들이 모여 염불을 드리는 만일회萬日會가 열리고 있었다. 거사는 주지 스님에게 소금을 맡기고 모임에 들어가 가부좌를 틀고 앉았다. 그는 하루에 한 번 물만 마시며 삼 년 동안 수행을 하더니 삶과 죽음을 초월한 존재가 되었다. 주위의 여러 절에 있는 스님들은 살아 계신 진정한 부처라 떠들어 대며 성대한 재를 마련해 돌아가며 거사를 모셨다. 그 뒤 어느 날 사라져 간 곳을 알 수 없었다고 한다.

격랑에 오랜 세월 전생 인연 깊었으니,	層波疊劫夙根深
땅에 핀 연꽃 송이 깨달음 얻었다오.	陸地蓮花頓悟心
만일회 참석하여 천 일을 가부좌로,	萬日會中千日坐
밤마다 푸른 바다 파도 같은 독경 소리.	滄溟夜夜送潮音

쌀 구걸하는 노비

노비는 김씨 집안의 나이 많은 하인이었다. 주인은 일찍 죽었고, 그 아들도 요절하고 말아 과부가 된 주인마님과 고아가 된 손자는 살림이 곤궁해져 살아갈 방도가 없었다. 노비가 날마다 구걸을 다니며 아침과 저녁으로 찾아와 봉양하였다. 그는 비록 얻는 것이 있어도 추위에 옷을 해 입지 않았고, 굶주리면서도 배불리 먹으려 하지 않았다. 이런 사정을 아는 사람들은 모두 의로운 사람으로 여기며 흔쾌하게 베풀어 주었다.

굶주림에 밥도 잊고 추위에도 옷을 잊어,	飢忘糊口凍忘衣
구걸한 쌀 자루 채워 아침저녁 돌아오네.	乞米盈囊日暮歸
과부와 고아된 이 누구를 바라보랴,	寡婦孤兒何所望
주인집 삼대가 늙은 노비 의지하네.	主人三世老奴依

밭 가는 스님

덕천德川 향교 근처에 널찍한 골짜기가 있었다. 땅이 기름지긴 했지만 골짜기 안에는 재목으로 쓸 수 없는 나무가 자라고 돌이 마구 널려 있어 조금도 넉넉해 보이질 않았다. 그런데 어느 날 스님 하나가 찾아왔다.

"골짜기의 땅을 밭으로 만들어 보고자 합니다. 삼 년 동안 농사를 지은 다음에는 법에 따라 세금을 바치겠으니 땅을 나눠 받아 개간해도 될는지요."

향교에서 그렇게 하라고 허락하였다. 스님은 다음 날 아침 서너 말의 떡을 준비하고 도끼 한 자루를 마련해 왔다. 그는 가져온 떡을 모두 먹고 물을 마시더니 곧 골짜기로 들어가 손으로는 나무를 뽑고 베었으며, 발로는 돌을 밀어 굴렸다. 해가 중천에 뜨기도 전에 무성하던 잡초와 자갈밭이던 곳이 편평하게 되었고, 뽑아낸 나무는 불에 태우고 가는 것이었다.

다음 날에는 한 손으로 쟁기를 끌고 와서는 들판에서 봉우리까지 이리로 저리로 오르락내리락 수 백 이랑을 만들었다. 그러고는 몇 섬이나 되는 씨를 뿌려 놓고 초가집을 마련해 거처하였다. 가을이 되자 거둬들인 곡식이 천오륙백 섬에 이르렀고, 올해도 다음 해도, 또 그다음 해에도 그만큼을 추수하여 삼천여 섬이나 쌓였다. 하루는 스님이 향교에 찾아와 아뢰었다.

"농사지으면서 부처님을 모실 수 없기에 저는 이제 돌아갈까 합니다. 밭은 향교에 바치겠습니다."

이튿날 덕천 고을과 인근 마을 삼천여 집의 백성들을 불러 모아 집집마다 곡식을 한 섬씩 나눠 주고 스님은 훌쩍 떠나갔다.

한 팔로 밭을 가니 열 마리 소보다 낫고,	一臂耕犁勝十牛
세 해를 추수하니 곡식은 언덕 이루네.	三年收穫粟如邱
봄 되어 베풀고는 표연히 떠나가니,	春來散盡飄然去
백성들 풍족함이 서너 고을에 끼쳤구나.	民食穰穰及數州

산봉우리에서 노니는 홍생 洪生

홍생은 원래 선비였지만 어디서 살았는지는 모른다. 봄가을로 좋은 계절이 되어 소리꾼과 악공이 함께하는 잔치 자리가 있으면 몇십 리나 되는 먼 곳이라도 찾아가 자신은 마주 보이는 산봉우리에 앉아 있었다. 기녀와 악공, 소리꾼들이 모두 놀라며 외치는 것이었다.

"산봉우리에 홍생이 왔다!"

사람들이 그에게 술과 고기를 보내 주면 실컷 취하여 먹고는 떠나는 것이었다.

도성의 악공들 날마다 노니나니,	滿城絲管日遨遊
남한산성 봄에 가고 가을에는 북한산.	南漢行春北漢秋
노래와 음악이 감응해 불렀는가,	聲樂果能相感召
신선은 먼저 와서 봉우리 올라 있네.	洪崖先在上峯頭

벽란도 거지

돌아가신 우리 아버님께서 젊으셨을 적에 어떤 일로 황해도 해주海州에 가셨었다. 저물녘에 벽란도에 다다라 건너려니 물때를 기다려 배를 띄워야 했다. 그래서 길손들이 모두 머물러 자고 닭이 울어서야 건너게 되었다. 어떤 한 노인이 해진 솜옷을 입고 더위를 먹어 거친 숨을 쉬고 땀을 흘리며 헛간 아래 앉아 있었고, 여관 주인은 밥값을 독촉하느라 욕이 그치질 않았다.

아버님은 늙은이가 안쓰러워 대신 밥값을 치르고, 자루에서 아래위로 걸칠 베옷을 꺼내 입혀 주었다. 노인은 아버지가 내어 준 밥과 옷을 먹고 입으면서 한마디 말도 없었다. 얼마 있다가 놀란듯이 다가와서 이런 말을 하였다.

"오늘 밤 이곳에 계시면 아니 됩니다. 당신께선 왔던 길로 돌아가시길 바랍니다. 모레면 건너실 수 있을 겁니다."

아버님도 문득 마음이 동해 얼른 말을 타고 돌아오셨다. 십 리도 못 갔는데 갑자기 우레가 울리며 비가 쏟아져 가까운 마을로 피해 들어갔다. 비는 밤낮으로 내리붓더니 이틀 후 새벽에야 겨우 개었다. 서쪽에서 길을 온 사람이 소란스레 하는 말이 이러하였다.

"벽란도에 있던 서른 집이 무너지고 물에 휩쓸려가 소나 말은 물론 닭과 개도 피하질 못했어요."

오호라. 노인은 진정 이인*이었던가.

유월에 해진 솜옷 어떠한 노인인가,	六月鶉裘何處翁
부처인가 신선인가 위험에서 구해 주네.	佛乎仙也急人風
우리 집 아버님이 언덕에 올랐더니,	吾家先子援登岸
밤중 내린 비에 상전벽해* 되었구나.	碧海桑田乃夜中

물 길어다 주는 사람

물 길어다 주는 사람은 오래부터 도성 서쪽 마을 민가에서 살았다. 예

이인 재주가 신통하고 비범한 사람.
상전벽해桑田碧海 뽕나무 밭이 변하여 푸른 바다가 된다는 뜻으로, 세상일의 변천이 심함을 비유적으로 이르는 말.

전에 사람들이 그가 굶주리는 것을 보고 안타까워 먹여 주곤 하였다. 도성 서편으로는 산이 많았지만 조금만 가물어도 우물이며 샘이 말라 버렸다. 그 사람이 어느날 밤 산으로 들어갔다가 샘터를 발견하였다. 그는 그곳에서 자면서 지키고 있다가 닭이 울면 물을 길어다 친한 사람들에게 나눠 주곤 하였다. 어째서 그렇게 사서 고생을 하느냐고 물으면 이렇게 말하였다.

"죽이며 밥으로 받았던 은혜를 어떻게 갚지 않을 수 있겠어요."

푸른 풀 자리 삼고 돌부리 베개 삼아,	臥藉靑莎枕石根
새벽이면 먼저 깨어 샘터에서 물을 긷네.	五更先起汲泉源
집도 없이 고생한다 걱정은 하지 마오,	無家有累休相問
죽과 밥 받은 은혜 아직도 못 갚았네.	未報東鄰粥飯恩

내나무

내나무는 땔감을 파는 사람이다. 그는 "땔나무 팔아요"라고 하지 않고 "내 나무"라고만 외쳤기 때문이다. 바람과 눈이 심해 추워지면 마을을 돌아다니며 "내 나무, 내 나무" 하고 외치고 다녔고, 그렇지 않은 때면 길가에 앉아서 손님을 기다렸다. 그러다 나무 사는 사람이 없으면 품속에서 책을 꺼내 읽는데 오래된 경전이었다.

바람 눈 사나운 한양 거리에서, 風雪凌兢十二街

길거리 남북으로 내 나무 외치누나. 街南街北叫吾柴

회계산 못난 아낙 당연히 비웃지만, 會稽愚婦應相笑

송나라서 찍은 경서 가슴속 가득하지. 宋槧經書貯滿懷

바보 공공

　공공은 최씨의 노비이다. 타고나기를 우둔하게 태어나 죽과 밥같이 먹을 것 말고는 도대체 어디에 쓰는 물건인지 구분하지도 못하였다. 중년이 되어 술 마시는 것을 배워 그제야 막걸리와 같은 탁주 한 사발은 두 푼에 사 마실 수 있다는 것을 알게 되었다. 날마다 사람들이 사는 집을 찾아가 놋그릇 닦을 것이 있는지를 물어보았다. 집주인이 닦아 보라고 꺼내 주면 이리저리 문지르며 힘을 들이지도 않는 듯이 닦았지만 그릇이 모두 깨끗하게 윤이 났다. 그릇 주인이 품삯을 계산해 주면 두 푼이 넘더라도 나머지는 던져두고 곧장 술청으로 달려갔다.

우매함 공공 같다면 우매한 것 아니라오, 愚似空空是不愚

얻은 돈 어찌하여 두 푼을 넘기리오. 得錢何過兩青蚨

많거나 적건 간에 그릇 닦기 수고지만, 辛勤滌器隨多少

시골 주점 탁주 한 잔 마련함이 기쁘다네. 喜辦村壚濁一盃

임 노인

한양의 대추나무골 안씨 집 행랑에 품팔이하는 아낙네가 살았는데 남편은 나이가 많았다. 그는 닭이 울면 일어나 문 앞과 골목을 깨끗하게 쓸어 주변 이웃집까지 청소를 해 놓았다. 아침이 되면 문을 닫고 혼자 방 안에 앉아 지내니 주인도 그의 얼굴을 보기 힘들었다. 그러던 어느 날 남편에게 식사를 차려 내는 아낙네를 볼 수 있었는데 밥상을 얼굴 높이로 들고 가는 것이 마치 손님을 대접하듯 공손하였다. 주인은 그가 어진 선비일 것이라고 여겨 예를 갖춰 절을 드렸다. 노인은 한사코 말리며 말하였다.

"미천한 사람이 어떻게 주인의 절을 받을 수 있단 말입니까. 이는 죄를 지어 잘못하는 것이니 이제 인사드리고 떠나야 하겠습니다."

다음 날 찾아보니 어디로 갔는지 알 수 없었다.

새벽녘 집 앞 쓸고 낮이면 방에 앉아,	晨興掃地晝扃關
다니는 깊은 골목 퍽이나 깨끗해라.	深巷人過劇淨乾
부부가 공경하는 거안제미* 못 봤거늘,	擧案齊眉如不見
누군들 알았으리 행랑 아래 살았을 줄.	誰知廊下有梁鸞

장송죽

장생은 영남 지방 사람으로 한양에서 유학하였다. 그는 술기운이 한참 오르면 먹물 서너 잔을 마셨다가 폭이 넓은 종이에 뿌리고는 먹물이 묻은 양과 크기에 따라 손가락을 휘두르거나 문질러 그림을 그렸다. 때로는 송죽(소나무와 대나무), 화초, 새, 짐승, 물고기, 용을 그렸고, 서예의 여러 가지 서체를 써내기도 하였다. 그의 그림과 글씨에 그려진 짙고 옅음이나 굴곡이 마음먹은 대로 표현되지 않음이 없었다. 그래서 이를 본 사람들이 손끝으로 그린 것인 줄도 알지 못하였다.

오늘날 장생이 옛 명필 장씨 압도하니,	今張壓倒古張名
머리 적셔 소리쳐도 놀랄 것 없어라.	濡髮狂呼不足驚
먹물을 한 말이나 큰 폭에 뿜어 놓고,	斗量噴來方丈紙
손끝으로 그린 그림 저절로 이뤄진 듯.	指頭書畫若天成

닭 노인

어떤 노인이 키가 작고 대머리에 머리숱이 적어 마치 암탉의 벼슬을

거안제미擧案齊眉 밥상을 눈썹과 가지런하도록 공손히 들어 남편 앞에 가지고 간다는 뜻으로, 남편을 깍듯이 공경함을 이르는 말

닭았었다. 그가 양쪽 팔뚝을 퍼덕퍼덕 치면서 닭 우는 소리를 내면 사방 인근의 닭들이 모두 따라 울었다. 먼 곳에서 들어 보면 사람 소리인지 닭 소리인지를 아무리 귀가 좋은 사람이라도 구별하기 어려웠다.

두 날개 퍼덕이며 닭장에 들어가서,　　　雙翅膈膊入雞群
사방에 들리도록 꼬끼오 먼저 외치네.　　一喔先聲四野聞
그저 먹고 나다니며 그렇게만 지내니,　　徒食徒行還似許
인생에서 맹상군*을 못 만난 때문이네.　　人生不遇孟嘗君

해진 옷의 행자승

나는 젊어서 북한산에 있는 승가사에서 글을 익혔었다. 어느 날 한 행자승이 여기저기 해진 옷에 목탁 하나만 들고 온 것을 보았다. 그는 주지 스님께 절을 드리고 저녁 공양을 마친 다음 북한산의 비봉 정상에 한달음에 올라가 밤새도록 목탁을 두드리며 나무아미타불 관세음보살을 외는 것이었다. 다음 날 아침이 되자 내려와 공양에 나와서는 인사를 드리곤 떠나갔다. 절에 거처하던 스님 가운데 그를 아는 분이 말해 주었다.

"저 스님은 소원을 빌고자 나라 안 사찰을 두루 돌아다닙니다. 그러다 어느 절이든 도착하면 가장 높은 봉우리에 올라가 밤이 새도록 염불을 하지요. 비록 비나 눈이 내리고 바람과 추위가 심해도 조금도 고생이라 여기지 않더군요."

국토의 경계 안 천만 개 봉우리에,	域內千千萬萬峯
봉우리마다 소원 빌어 스님 자취 남기려네.	峯峯願着老禪蹤
목탁을 두드리다 아침 해 떠오르니,	木魚聲裡朝暉上
그제사 알겠구려 깊은 숲 눈 쌓임을.	始覺深林夜雪封

엄 도인

엄 도인은 강원도 영월의 활 쏘는 궁수였다. 그는 좋은 무덤 자리를 찾는 풍수나 점성술, 관상 보는 재주가 신묘한 경지에 이르렀다. 게다가 부적과 주술도 잘하였다. 간혹 민가에 심술을 부리는 귀신이 나타나면 술법사의 모자와 옷을 갖춰 입고 칼을 휘둘러 항아리에 몰아넣고는 붉은 글씨의 부적으로 주둥이를 봉인해 바다에 던져버렸다. 가끔 작은 귀신들을 잡아먹으면 입가로 피가 흘러내렸다고 한다.

백 년을 살고서도 얼굴과 머릿결 젊기만 하고,	期頤顔髮葆光華
유람하며 귀가 않다 아예 출가했다네.	遊不還家便出家
듣자 하니 중국의 종남산 종 진사는,	見說終南鍾進士

맹상군孟嘗君 중국 전국 시대 제나라의 공족(公族)이며, 사군(四君)의 한 사람. 재상이 되었을 때 천하의 인재를 초빙하여 식객이 삼천 명에 이르렀다고 하며, 진나라에 사신으로 갔다가 죽을 뻔하였으나 식객 중에 남의 물건을 잘 훔치는 사람과 닭의 울음소리를 잘 흉내 내는 사람이 있어 그들의 도움으로 죽음을 모면한 이야기로 유명하다.

귀신 잡아먹기를 오이 먹듯 했다지.　　　　　　對人啖鬼似啖瓜

거울 닦는 앉은뱅이

앉은뱅이는 동대문 밖에 살면서 날마다 도성으로 들어가 거울 닦는 일을 하였다. 내 나이 일고여덟 즈음에 그를 보았는데 예순 나이쯤으로 보였었다. 나이가 일흔이나 여든 되신 이웃 어른들이 말씀하시길 어리고 젊었을 때부터 그가 거울 닦는 것을 보았다고 한다. 그는 해 저물녘에 술에 취해 집으로 돌아가다가 달이 떠오르는 것이 보이면 언제나 머뭇거리면서 달을 쳐다보았다. 그러다 한숨을 쉬면서 자리를 떠나지 못한 채 이런 말을 하였다.

"저 달을 보면 거울 닦는 법도 알 수 있지⋯⋯."

이 말에 퍽이나 운치가 있었다.

거울 닦다 돌아가는 그 걸음 절룩절룩,　　　　磨鏡歸時緩脚行
동대문 뜨는 달을 취한 눈에 바라보네.　　　　醉看圓月上東城
하늘 보고 뿜는 한숨 긴 무지개 희고,　　　　仰天噓氣長虹白
구름 틈 달빛 비쳐 밝은 빛 넘실넘실.　　　　放出雲間潋灩明

나무꾼 정씨

나무꾼은 경기도 양평의 양근 고을 사람이다. 그는 어려서부터 시를 잘 지어 볼만한 것도 많았다.

글 배우던 남은 생애 늘그막 나무하고,	翰墨餘生老採樵
어깨 가득 가을빛이 걸음마다 우수수수.	滿肩秋色動蕭蕭
동풍이 불어오는 도성 안 넓은 길에,	東風吹送長安路
동문 밖 새벽녘 둘째 다리 지나가네.	曉踏靑門第二橋

동호의 봄 물결은 쪽풀보다 푸르기에,	東湖春水碧於藍
두세 마리 백조가 또렷이 보이누나.	白鳥分明見兩三
삐거덕 노 저으니 날아가 흩어지고,	柔櫓一聲飛去盡
저물녘 산 빛만이 텅빈 물가에 가득하네	夕陽山色滿空潭

이렇게 아름다운 글귀가 많았지만 전하는 작품이 적어 한스러울 뿐이다.

°동문 밖 새벽녘 둘째 다리 지나가네,	曉踏靑門第二橋
어깨 가득 가을빛이 걸음마다 우수수수.	滿肩秋色動蕭蕭

°앞의 시는 세간에 풍설로 전하는 것을 조수삼이 기록한 것이고, 아래의 시는 '시로 엮은 여항인'의 저자 조수삼이 지은 한시이다. 조수삼의 시에 세간에 전하는 시구의 일부가 섞여 있다.

동호의 봄 물결은 여전히 푸르건만,　　　東湖春水依然碧

그 누가 알아주리 시 짓는 나무꾼을.　　　誰識詩人鄭老樵

소나무 사랑하는 노인

　조씨 노인은 언제나 아이 적에 부르던 '팔룡이'라는 이름으로 자신을 불러 세상 사람도 팔룡이라고 불렀다. 그는 소나무를 너무도 좋아하여 백화산에서 십여 년간 귀한 나무를 찾아다녔다. 마침내 삼반구곡송三盤九曲松을 발견해 큰 화분에 심었는데, 그 줄기는 마치 꿈틀대는 용의 형상에 껍질에는 이끼까지 서려 있었다. 그가 손님 접대를 할 때면 스스로 자랑하며 말하였다.

　"이 소나무가 있어 조팔룡이는 재상의 녹봉이나 세상의 갑부도 부럽지 않다오."

백화산 속 찾아 헤맨 조팔룡은,　　　白華山中趙八龍

평생토록 안 부럽네 재상님 녹봉.　　　平生不羨祿千鍾

만족한 까닭을 누군가 물었더니,　　　問渠自足緣何事

삼반구곡 소나무 집 안에 심었다지.　　　家有三盤九曲松

심마니 노인

심마니 노인 남씨는 강원도 산골 사람인데, 떠돌다 한양에서 살게 되었다고 한다. 그는 약초나 버섯을 캐서 일찍 부모님을 여의었을 때 자신을 길러 준 나이 든 형수님을 봉양하였다. 형수님이 돌아가시자 마음으로 삼년상을 지냈고, 기일이 될 때마다 제사상을 풍성하게 차리어 너무도 슬피 곡을 하였다. 그리고 반드시 연어알을 마련했는데 형수님이 즐기시던 것이라고 한다.

가을이면 약 캐느라 온 산을 다니면서,	秋來採藥萬山中
손에는 호미 쥐고 등에는 대광주리.	鴉嘴長鋤竹背籠
해마다 돌아오는 형수님 제사 준비,	歸及年年邱嫂祭
연어알 마련하니 붉은빛 보석 같네.	鰱魚卵子火齊紅

거문고 악사 김씨

거문고 악사 김성기*는 왕세기*를 스승으로 삼았다. 그의 스승은 새로운 곡조를 만들 때마다 숨겨둔 채 제자에게 전수하지를 않았다. 김성

김성기金聖器   조선 후기의 가객으로 왕세기에게 거문고의 비법을 전수받아 이름을 얻었고, 통소와 비파에도 일가를 이루었으며 수많은 제자를 길러 당대의 명인, 명창들이 모두 그의 문하에서 나왔다.
왕세기王世基   숙종(1674~1720년) 때의 거문고 대가.

기는 밤이면 밤마다 스승님 댁의 창문 아래 숨어 몰래 엿듣곤 하였다. 다음 날 아침이면 그대로 옮겨 내 조금도 틀림이 없었다. 스승은 적이 의아해하였다. 그래서 어느날 저녁에 거문고를 뜯다가 곡조가 절반도 지나지 않아 갑자기 창문을 밀어제쳤다. 그러자 김성기가 놀라 땅에 떨어져 넘어지는 것이었다. 왕세기는 너무도 기특하다고 여겨 자신이 만든 악곡을 남김없이 전수해 주었다.

신곡을 완성하면 허리춤에 감춰 두어,	幾曲新翻捻帶中
창문 밀쳐 마주보고 신기한 솜씨 감탄하네.	拓窓相見歎神工
물고기와 학도 놀란 재주 지금 모두 전하노니,	出魚降鶴今全授
너는 예를 쏜 활일랑 들 생각도 말거라.°	戒汝休關射羿弓

효자 등짐장수

효자 안씨는 나이 든 어머니를 모셨는데 집이 가난하였다. 그래서 그는 품팔이와 등짐장수로 생업을 삼으니 힘이 세고 재주도 많아 하루에 백여 푼을 벌 수 있었다. 집으로 돌아가 어머니께 맛난 음식을 드시도록 하는데 언제나 부잣집 밥상보다도 성대하게 차려 냈다. 밤이면 모시고 돌봐 드리며 기쁜 얼굴에 부드러운 목소리로 어머님의 마음에 꼭 들도록 하였다. 이를 본 사람들이 모두 감탄할 정도였는데도 효자는 오히려 자식된 도리를 다하지 못할까 걱정이었다.

젊은이 나이로는 글공부 해얄 텐데,	童年云是讀書人
험한 일도 마다않음 모친 봉양 위함이네.	鄙事多能爲養親
장사 일 돌아와선 스스로 음식 마련,	負販歸來躬視膳
어떻게 하루라도 가난을 탓하리오.	何嘗一日坐家貧

상여꾼 강씨

병신년(1776년) 6월 10일에 돌아가신 영조대왕의 관을 원릉●에 모셨다. 상여 행차가 망우리 고개 아래 진흙길에 이르렀는데 밤에 내린 비로 미처 진흙탕이 된 줄 모르고 있었다. 임금 상여의 서북쪽 귀퉁이를 맨 상여꾼 사오십 명이 넘어지며 진흙탕에 허리춤까지 빠져 거의 위태로운 지경이 되었다. 그 무리 밖에 있던 상여꾼 가운데 강씨라는 사람의 키가 아홉 척●이나 되었는데 그가 몸을 날려 진흙탕에 뛰어들더니 두 손으로 임금의 상여를 번쩍 들어 올린 채 한참을 우뚝하니 버티는 것이었다. 이렇게 상여가 쓰러질 뻔한 것이 다시 안전하게 되었다. 상여가 나왔는데도 강씨는 손을 든 채 우뚝 서서는 움직이지도 않고 있었다. 한 번

○예는 활을 잘 쏘기로 유명한 전설상의 인물이다. 그의 수제자인 방몽이 스승 예만 없으면 자신이 최고가 될 거라 여겨 스승을 죽였다고 한다.
원릉 경기도 구리시 인창동 동구릉 가운데 하나인 영조와 정순왕후 김씨의 묘.
척 길이의 단위. 1척 혹은 1자라고도 하는데 현재는 대략 30센티미터이나 옛 길이로는 22센티미터 가량이라고 한다.

에 힘을 다하느라 기운이 막혀 죽었던 것인데도 쓰러져 넘어지지 않았던 것이다. 아! 이 상여꾼은 오로지 충성을 바친 열사라 하겠다.

밤비에 진흙탕이 큰길가 깊었는데,	夜雨泥深大道傍
임금의 상여 수레 위태롭게 넘어가네.	仙輀危阽下平岡
몸 날린 구척장신 상여꾼 강씨러니,	奮身八尺姜轝士
한 손에 하늘 받쳐 죽어도 아니 쓰러졌네.	隻手擎天死不僵

정 선생

성균관 동편은 바로 송동이다. 송동에는 화초와 나무가 무성한 곳에 지붕 펼친 강당이 솟았는데 바로 정 선생이 학생들을 가르치는 장소이다. 새벽과 저녁으로 종을 쳐서 학생들이 모이고 흩어졌다. 여기서 공부해 성공한 사람들이 많았기에 성균관 인근 사람들이 정 선생이라 불렀다.

강당의 꽃과 나무로 길 하나 생기더니,	講堂花木一蹊成
저녁과 새벽으로 종소리 댕강댕강.	斯夕斯晨趁磬聲
이웃의 자제들을 가르쳐 지도함은,	敎育四隣佳子弟
단정한 옷 넓은 띠의 정 선생이라오.	褒衣博帶鄭先生

골동품 수집하는 노인

한양의 손씨 노인은 본래 부자였다. 본성이 골동품을 좋아했지만 보는 눈은 없어 많은 사람들이 가짜를 팔거나 터무니없는 비싼 값을 불러 그의 재산은 마침내 거덜이 나고 말았다. 하지만 노인은 속임을 당한 줄도 모르고 홀로 방 안에 앉아 중국 단계에서 나는 좋은 돌로 만든 벼루에 오래된 먹을 갈아 향기를 맡아 보거나, 한나라 때 만든 자기에 좋은 차를 끓여 마시며 말하곤 하였다.

"이거면 굶주림과 추위도 견딜 만하지."

이웃 사람들이 아침밥을 마련해 오면 번번이 손을 내저어 돌려보내면서 중얼거렸다.

"내가 사람들의 도움을 받아서야 되겠나."

솜옷 갖옷 벗어 주어 옛 자기 바꾸고는,	解下綿裘換古甆
향 사르고 차 마시며 추위 굶주림 견디네.	焚香啜茗禦寒飢
초가집 밤새 온 눈 석 자나 묻혔어도,	茅廬夜雪埋三尺
이웃집 아침 대접 손 저으며 보내누나.	摽遣鄰家饗早炊

달문

달문의 성은 이씨이며, 마흔이 되도록 총각 신세였다. 그는 약재 중개

하는 일로 어머니를 봉양하였다. 어느 날 달문은 아무개 씨가 운영하는 약방에 들렀는데 주인이 백금의 값이 나가는 한 냥 무게의 인삼 서너 뿌리를 꺼내 보이며 물었다.

"이 물건 어때 보이는가?"

"참 좋은 물건입니다."

그러더니 주인은 마침 자신이 일 보는 방으로 들어갔고, 달문은 등진 채 앉아 들창문 밖을 보고 있었다. 주인이 나와서는 물었다.

"달문아, 여기 둔 인삼 어딨느냐?"

달문이 돌아보니 인삼은 없었다. 그는 웃으며 이렇게 말하는 것이었다.

"마침 사고자 하는 사람이 있기에 내가 줬다오. 값은 곧 치러 주겠소."

다음 날 주인이 연기를 피워 쥐를 몰다가 궤짝 뒤에 종이로 싼 게 있어 꺼내 보니 바로 어제 사라진 인삼이었다. 주인은 너무도 놀라 달문을 불러와 사정을 알려 주고 물었다.

"어째서 인삼을 보지 못했다고 말하지 않고 팔았다고 다른 말을 한 겐가."

"내가 인삼을 이미 보았는데 갑자기 사라졌으니 모른다고 하면 주인께서 제가 훔쳤다고 생각지 않을 수 있겠습니까?"

그제야 주인은 부끄러워하며 거듭 사죄하였다.

이때 영조대왕께서 백성들이 가난해서 관례와 혼례도 치르지 못하는 것을 불쌍히 여기시고 관아에서 비용을 마련해 주어 예식을 행하도록 하였다. 이 때문에 달문이 겨우 관례를 치렀다. 그는 늘그막에 영남으로 내려가 집안 자제들을 모아 장사로 생활을 마련하였다. 서울에서 온

손님을 만나면 관례 내려 주실 적의 성대한 일을 울면서 말하곤 하였다
는 것이다.

웃으며 값 치르니 직불의런가,	談笑還金直不疑
다음 날 부자 주인 가난한 이에 사죄하네.	富翁明日拜貧兒
영남에서 서울 손님 마주 앉으면,	天南坐對京華客
선왕의 관례 베푼 일 울면서 얘기하네.	泣說先王賜冠時

이야기꾼

이야기꾼은 동대문 밖에 살았다. 입으로 줄줄 외는 한글 소설은 『숙향
전』, 『소대성전』, 『심청전』, 『설인귀전』 등의 이야기였다. 매달 1일
엔 청계천의 첫째 다리 아래, 2일엔 둘째 다리 아래, 3일엔 배오개, 4일

직불의 중국 한나라 문제 때의 인물로 동료가 실수로 다른 사람의 금덩이를 가져가자 의심을 받은
직불의가 대신 변상하였는데 훗날 사실이 밝혀졌다는 고사가 있어 달문에 비유한 것이다.
숙향전 조선 후기의 한글 소설. 중국 송나라 때 김전(金銓)이라는 사람의 딸 숙향이 난리 중에 아버지
를 잃고 고생하다가 아버지를 만나고, 나중에 초왕(楚王)이 되는 이선(李仙)과 결혼하여 정렬부인이 된
다는 이야기이다. 작가와 연대는 알 수 없다.
소대성전 조선 후기의 영웅 소설. 중국 명나라를 배경으로, 영웅의 기상을 타고난 소대성이 일찍 부
모를 여의고 고난을 겪다가 무공을 연마하여, 흉노가 중원을 침입하였을 때 혼자 물리쳐 위기에 처한
천자를 구해 주고는 노왕(魯王)에 제수된 뒤에, 헤어졌던 이채봉을 만나 혼인을 하여 행복하게 살았다
는 내용이다. 작가와 연대는 알 수 없다.
설인귀전 당나라의 장수 설인귀가 고구려와의 전쟁에서 활약한 무용담과 그가 고향에 돌아와 발생
한 여러 사건을 그린 작품으로, 우리나라 영웅 소설에 많은 영향을 미쳤다. 작가와 연대는 알 수 없다.

엔 교동 입구, 5일엔 대사동 입구, 6일엔 보신각 앞에 앉아 소설을 읽어
주었다. 이렇게 거슬러 올라가기를 마치면 7일부터는 차례로 내려와서
아래에서 위로 다시 위에서 아래로 오르내리며 한 달을 마쳤다. 달이
바뀌어도 마찬가지로 하였다. 소설을 잘 읽어 주었으므로 곁에서 보는
사람들이 에워쌀 정도였다. 그러다 가장 흥미롭고 재미나 너무도 듣고
싶은 대목에 이르면 갑자기 입을 다물어 아무 이야기도 하지 않았다.
그러면 사람들은 다음 이야기를 듣고 싶어 다투듯 동전을 던지며 말하
였다.

"이게 돈 꺼내는 방법이라지."

아녀자 마음 아파 눈물이 절로 솟고,	兒女傷心涕自雲
영웅의 승패 다툼 칼로도 결판 못 내.	英雄勝敗劒難分
말하다 조용함은 동전을 꺼내는 법,	言多默少邀錢法
사람 마음 묘한 것이라 얼른 급히 듣고 싶지.	妙在人情最急聞

중령포 낚시꾼

낚시꾼은 날마다 중령포*에서 고기를 낚았다. 그는 어린 고기가 잡히
면 바로 놓아주었고, 잡은 큰 고기는 이웃 가운데 가난하여 부모님을
모시기 어려운 사람들에게 가져다주었다.

"당신은 먹지 않으면서 물고기는 뭐하러 낚는 거요?"

이렇게 사람들이 물어보면 낭랑하게 시구절 하나를 읊어 주었다.
"이 늙은이는 한적함을 낚는 거지 물고기는 관심 없다네."

날마다 낚시터에 낚싯대 드리우고,	日向磯頭下釣綸
은빛 비늘 작은 놈은 수초가에 놓아주네.	銀鱗細瑣放青蘋
이번에 낚아 올린 한 자 넘는 물고기는,	今來偶得魚盈尺
이웃집 보내 주어 노부모 드리라네.	旋與鄰家餉老親

원수 갚은 며느리

부인은 평안북도 희천 고을 농부의 안사람이다. 남편과 혼례를 올린
지 오 년 만에 남편이 죽었고 두 살배기 유복자[•]가 있었다. 부인의 시아
버지가 이웃 사람에게 칼에 찔려 죽었는데 부인은 관아에 고발하지 않
고 시신을 거두어 장례를 지냈다. 두 해가 지나도록 아무런 말도 떠들
지 않자 그 시아버지를 죽인 자는 과부와 고아가 자신을 무서워해 원수
갚을 생각도 못 한다고 여겼다. 부인은 밤이면 남몰래 서릿발 같은 칼
날을 갈아 놓고 원수를 베고 찌를 각오를 조금도 잊지 않았다. 시아버
지가 돌아가신 지 두 해 되는 제삿날은 마침 고을 사람들의 장날이었

중령포中泠浦 지금 서울 도봉구에서 한강으로 흘러드는 중랑천을 말한다.
유복자 태어나기 전에 아버지를 여읜 자식.

다. 이날 부인은 마음을 굳게 먹고 몰래 나가 저잣거리에서 준비한 칼로 원수를 베었다. 곧장 원수의 배를 갈라 간을 꺼내 가지고 집으로 돌아가 시아버지의 제사를 지냈다. 제사를 마친 부인은 마을 사람들을 불러 모아 관아를 찾아가 자수하였다. 관아에서는 이렇게 판결하였다.

"부인은 효성을 다했고, 의로운 일이며, 열녀로다."

그리하여 죄를 감해 주고 살려 주었다.

밤마다 삼 년 동안 칼날을 갈고 갈아,	三年無夜不磨刀
가을날 매 한 마리 사냥하듯 자세 잡네.	作勢秋鷹快脫條
숨 끊고 간장 씹어 시아버지 원수 갚고,	斷頸咋肝今報舅
고을에 알리고서 관아에 자수하네.	自呼鄕里首官曹

원숭이 부리는 거지

거지는 시장에서 원숭이를 부리며 동냥을 얻었다. 그는 원숭이를 끔찍이도 아껴 채찍 한 번 들지 않았다. 해가 저물어 돌아갈 때면 어깨에 원숭이를 태우는데 아무리 피곤한 몸이라도 바꾸는 법이 없었다. 거지가 병에 걸려 죽게 되자 원숭이는 그 곁을 떠나지 않고 슬피 우느라 굶어 죽을 지경이었다. 거지를 화장할 때 원숭이는 사람들을 보면서 눈물 흘리며 절을 올려 구걸하였다. 이를 본 많은 사람들은 불쌍하게 여겼다. 장작불이 한창 타올라 거지의 시신이 거의 탔는데 원숭이가 길게 애통한 소리를 지르더니 불길에 달려들어 함께 죽었다.

재주를 부릴 적에 채찍질 못 보았고,	當場了不見皮鞭
놀이 마쳐 돌아갈 때 어깨에 앉히었네.	罷戲歸巢任在肩
주인께 보답하려 몸 바쳐 죽으면서,	報主自拚身殉志
눈물지어 구걸하여 장례 비용 마련했네.	逢人泣乞葬需錢

해금 타는 늙은이

내가 대여섯 살 때 일로 기억하는데 해금을 타며 쌀을 구걸하던 사람을 본 적이 있다. 그의 얼굴이나 머리 센 걸로 보면 예순 남짓한 나이였다. 곡을 연주할 때마다 이렇게 외치곤 하였다.

"해금아! 너는 아무개 곡조를 타 보거라."

마치 해금도 응답하는 것처럼 소리를 내는 것이었다. 해금으로 이런 소리를 내곤 하였다. 노인 한 사람과 노파 하나가 콩죽을 배터지게 먹고 배탈이 나 질러 대는 소리, 큰 쥐가 장독 항아리 아래로 들어간다고 급하게 외치는 소리, 남한산성 도적 떼가 여기로 달려가고 저기로 몰려가는 소리 등이었다. 그 소리가 틀림없이 똑같았고, 모두 사람을 놀라게 하였다.

내가 환갑이 되었을 때 늙은이가 다시 나의 집에 와서 그 옛날처럼 쌀을 구걸하였다. 생각해 보면 늙은이의 나이가 이미 백여 세를 넘었을 것인데 너무도 기이하였다.

콩죽 먹은 늙은 부부 복통에 내는 소리,	翁婆豆粥痛河魚
큰 쥐가 장독대 물건 못 갉게 쫓는 소리.	鼯鼠休敎穿醬儲
악사가 해금 함께 서로가 화답하니,	自與阿咸相問答
들어 보면 사람들을 깨우치는 글일세.	竊聽都是警人書

여승의 노래 세 가락

남 참판의 이름은 잊었다. 그는 젊었을 적 두미나루•로 가는 길에서
한 여승을 보고는 집으로 돌아와서도 잊을 수 없었고, 그 때문에 병이
들어 죽을 지경이었다. 그래서 긴 노래를 지어 보내 자신의 뜻을 알렸
다. 여승이 답가를 보내 서로 세 번을 주고받았고, 여승은 머리를 기르
고 남 참판의 소실이 되었다. 지금까지 여승의 노래 세 가락이 세상에
전해진다.

머나먼 강가 길에 나 홀로 그대 만나,	迢迢江路獨逢君
골짜기 나무 날리는 꽃 초나라 구름 비추네.	峽樹飛花映楚雲
세 가락 여승 노래 설법보다 나았기에,	三疊僧歌勝說法
스님 옷 벗어 두고 다홍치마 입었구려.	袈裟脫却着榴裙

술 권하는 술장수

수유리 동편 고개에 키 큰 소나무 아래 맑은 샘이 솟았다. 술 파는 노인은 그 아래 앉아 행인들에게 술을 파는데 언제나 먼저 한 잔을 따라 마시며 이렇게 말했다.

"감히 이 잔으로 술 드리는 예의를 갖춥니다."

그렇게 술잔을 비우고 잔을 씻어 다시 한 잔을 채워 손님에게 건넸다. 서너 잔 술을 팔면 늙은이도 서너 잔을 마시는 것이다. 손님 서넛이 와도 사람 수대로 술잔을 주고받았다. 하루에 쉰 잔에서 여든 잔 정도를 마시지만 술을 견디지 못하고 취한 적을 보지 못하였다.

한 사발 맑은 술에 두 푼의 값을 받아,	一盂白酒兩靑錢
주인과 손님 함께 예의 갖춰 주고받네.	主酌賓酬禮秩然
오십 년 지난 후 그대는 안 보이고,	五十年來君不見
소나무만 변함없이 맑은 샘에 늘어졌네.	寒松依舊覆淸泉

달구질장이 노인

관을 묻고 땅을 다지는 달구질장이 노인은 경기도 양주의 소고리에

두미나루 현재 팔당대교와 팔당댐 사이에 있던 나루터.

산다. 마을에 장례 지낼 사람이 있으면 노인은 그의 노래꾼이 되었다. 노인이 목탁을 들고 달구질하는 노래를 부르는데 가만히 들어 보면 『시경』의 「대아편」과 「소아편」이거나 『서경』의 「오자가五子歌」였다. 노래가 끝날 때는 풍수가처럼 길하고 흉한 땅을 미리 알려 주었다. 관심 있는 사람들이 그 말을 기록해 두었다 훗날 맞춰 보면 조금도 틀림이 없었다.

목탁을 두드리며 부르는 달구질 노래,	金唇木舌築埋詞
「오자가」 아니라면 『시경』의 「소아편」, 「대아편」.	五子之歌二雅詩
이리저리 풍수지리 길흉을 말하나니,	亂以靑烏砂水法
상주여 허물 마소 미리서 맞춘다오.	葬家休咎已前知

도둑의 시 짓는 아내

원 재상이 개성을 맡아 다스릴 때의 일이다. 어떤 도둑이 잡혀 들어와 사형을 당하게 되었다. 그 도둑의 아내는 시를 지을 줄 알았는데 이런 구절이 있었다.

°옛 나라 쓸쓸한 종소리 멀리서 들리는데,	故國寒鍾人耳踈
고려의 오백 년이 이 소리에 남았구나.	高麗五百此聲餘

이 밖에도 맑고 놀랄 만한 시구가 많아 이를 본 사람들이 칭찬해 마지

않으면서도 전해지지 않을까 안타깝게 여겼다. 시 짓는 아내가 연좌되자 원 재상은 그 재주를 불쌍히 여겨 특별히 용서해 주었다.

옛 나라 쓸쓸한 종소리 멀리서 들리는데,　　　　故國寒鍾入耳踈

고려의 오백 년이 이 소리에 남았구나.　　　　高麗五百此聲餘

인연을 맺어 주는 신선은 무슨 감정 많았기에,　氤氳使者偏多憾

붉은 실 잘못 매어 도둑과 짝지었나.　　　　枉把紅繩繋了渠

기녀 한섬

한섬은 전라남도 전주의 기녀이다. 황교 이 판서가 집으로 데려와 노래와 춤을 가르치니 나라 안에 유명하였다. 한섬이 나이 들어 전주로 돌아가고 일 년이 지나 이 판서가 세상을 떠났다. 이 소식을 들은 한섬은 곧장 판서의 묘소로 달려가 한바탕 울고 한 잔 술을 따라 술 한 잔 마시고는 한 곡조 노래를 불렀다. 다시 울고 다시 술을 따라 또 마시고는 또 노래를 부르며 이러기를 하루 종일 반복하다 떠났다.

울음 한 번 노래 한 곡 한 잔 술에,　　　　一哭一歌澆一杯

° 이 시는 세간에 풍설로 전하는 것을 조수삼이 기록한 것이고, 뒤의 시는 '시로 엮은 여항인'의 저자 조수삼이 지은 한시이다. 조수삼의 시에 세간에 전하는 시구의 일부가 섞여 있다.

술잔을 하루 종일 쳇바퀴 돌아가듯.　　　　　杯行終日若輪廻

판서는 이미 떠나고 기생은 늙어 가니,　　　　耆卿已死師師老

그 누가 알아주리 강남의 슬픈 피리 소리.　　　誰識江南玉笛哀

건곤낭

　조석중은 구 척이 넘는 키에 짙은 눈썹과 배가 컸으며 손재주가 있었다. 특히 갓과 망건 짜는 솜씨가 좋아 망건은 하루 만에, 갓은 사흘이면 짜 내었다. 망건은 백 푼에, 갓은 팔백 푼에 팔았고 돈이 생기면 사람들에게 베풀었다. 술을 잘 마시는 데다 손님과 어울리길 좋아했으며 약속을 중시하였다. 그는 아내와 집이 없이 항상 한 가마니의 쌀을 담을 만한 커다란 자루를 메고 다녔다. 그 자루를 세상 만물이 담긴 자루라는 의미로 건곤낭乾坤囊이라 불렀는데 온갖 그릇과 도구, 옷가지며 갓과 신발 등을 담아 두었다. 그는 자신을 세상에 있는 미륵불이라 말하고 다녔다 한다.

말총갓과 망건은 그림으로도 못 그릴 듯,　　　鬖帽鬖巾畵不能

건곤낭의 그림자 우람도 하다오.　　　　　　乾坤囊子影嶒崚

자신의 온갖 물건 자루에 넣었으니,　　　　　身家百供皆於是

부끄럽구나 세간의 바랑 멘 스님들이여.　　　慚愧人間布袋僧

무소불패 박 생원

경호磬湖의 박생은 유서 깊은 집안의 자손이었다. 집안에 소장한 책이 수천 권에 이르렀지만 아무리 가난해도 팔지 않았다. 낮에는 한양의 한강진, 용산, 노량진, 두모포, 서강나루와 사대문 안에 사는 친구들을 찾아가 노닐다가 밤이면 집으로 돌아와 부지런히 두 아들에게 글을 가르쳐 훗날 작은 성취를 이루었다. 박생은 늘 십여 개의 작은 대나무통을 허리에 차고 다녔고 통마다 무언가를 보관해 두었다. 그래서 그를 '허리에 차고 다니지 않는 것이 없다'는 의미로 '무소불패無所不佩 박 생원'이라 불렀다.

노닐기엔 인간 세상 세월이 길고 길어,	遊戲人間日月長
옷 아래 대나무통 소리 울려 덜걱덜걱.	竹筒衣底響丁當
집안의 오랜 서적 보존을 잘하여서,	古家書籍能傳守
과거에 두 소년 연이어 급제하네.	雁塔聯題兩少郞

최 원장

원장의 이름은 모르지만 평안도 정주의 신안서원新安書院 원장이다. 어려서부터 글 읽는 것을 좋아해 중국 송나라 유학자인 정자와 주자의 학문에 마음을 쏟았고 예법에 관한 학문에 더욱 관심을 가졌다. 그는 고을의 자제들을 가르쳤고, 사후에 참판 벼슬을 받은 백경한과 한호운이 그런 사람이다. 이 두 사람은 홍경래의 난에 목숨을 바쳐 고을 사람들 모두가 이렇게 일컬었다.

"살아서는 최 원장의 고매한 제자였으니, 죽어서 국가의 충신이 되지 않았겠는가."

놀란 마음 도적 난리 홍경래 난 말할 때면	驚心寇亂說壬辛
인간 도리 바로 세움 힘입은 사람 있네.	扶植綱常賴有人
예법 경전 연구한 분 최 원장 그이러니,	習禮窮經崔院長
한평생 도야하여 두 충신 길러 냈네.	一生陶鑄兩忠臣

시인 안성문

시인 안성문은 어릴 적부터 타고난 재주가 있어 한 번 보고도 모든 걸 기억하였지만 술 마시길 좋아하고 글 읽기는 관심이 없었다. 하지만 그의 시편에는 놀랄 만한 말이 많았다.

복어 떼 붉은 물결 결코 비는 아니 오고,	河豚浪赤終非雨
푸른 산 아지랑이 반 너머 구름일세.	野馬山靑半是雲

살구꽃은 울타리에 때도 없이 비 오는 듯,	杏花籬落無時雨

버드나무 정원에는 온종일 바람 부네.	楊柳門庭盡日風

십 년 동안 떠돌아도 남은 건 짚신이요,	十年歧路靑芒屨
천 편 시를 지었어도 아직도 베옷 신세.	千首詩篇白葛衣

저물녘 다듬이질 멀리서 들려오고,	暮砧爭遠起
가을날 제비들은 더 높이 날아가네.	秋燕更高飛

이런 구절은 너무도 아름답다. 하지만 종종 서툴거나 완전한 작품을 만들지 않았으니 대체로 그의 성격이 너무도 소탈해서 세상 물정을 몰랐기 때문이다.

한 통의 글을 적어 대궐문 두드리려,	一封書擬叫天閽
눈 내리는 밤에는 친구 집 찾아갔네.	夜雪來敲社友門
시인의 노랫소리 태평성세 노래할 적,	共給詩人歌聖化
높은 누각 위에 천 동이 술 마련했네.	高樓百架酒千樽

맹인 악사 손씨

손씨는 맹인 악사로 점술은 몰랐지만 노래를 잘 불렀다. 흔히 우리나라의 우조*, 계면조*와 길고 짧은 높낮이의 스물네 가지 곡조에 두루 통하지 못하는 것이 없었다. 날마다 길가에 앉아 크게 혹은 가는 소리로 노래를 부르는데 그가 득의양양하게 부르는 대목이 되면 담처럼 둘러서서 듣던 사람들이 비 오듯 동전을 던져 주었다. 그는 손으로 더듬어 돈을 모아 셈해서 백 닢이면 일어나 떠나며 중얼거렸다.

"이 돈이면 너끈히 술 마실 만하겠군."

눈 찔러 눈먼 악사 역사서에 전하지만,	史傳師曠刺爲盲
우리나라 노래에는 스물네 곡 전하네.	歌曲東方卄四聲
백 닢을 채우면 취해서 돌아가니,	滿得百錢扶醉去
어찌 딱히 엄군평●을 부러워하랴.	從容何必羨君平

일지매

일지매는 의로운 도적이다. 언제나 탐관오리의 재물 가운데 뇌물로 받은 것을 빼앗아, 가족을 보살피거나 장례도 치르지 못하는 사람들에게 베풀었다. 그가 처마를 날아다니고 담장을 뛰어넘는데 귀신같이 빨라 도둑맞은 집에서는 결코 누가 훔쳐 갔는지도 알 수 없었다. 그런데 그는 스스로 매화 한 가지를 붉게 새겨 표식을 남겼는데, 다른 사람에게 무고한 일이 생기지 않도록 하기 위함이었다.

붉은색 새겨 놓은 매화 한 가지,	血標長記一枝梅

베풀어 구휼*함은 탐관오리 재물이네.　　施恤多輸汚吏財

불우한 영웅, 이야기 전해 오고,　　不遇英雄傳古事

옛적의 오강에는 범선이 온다 했네.　　吳江昔認錦帆來

홍씨 집 도둑 손님

본관이 남양인 홍씨는 재산이 넉넉하였고 손님을 좋아하였다. 어느 날 비를 피하느라 대문 앞에 서 있는 손님을 보고 마루로 맞아들여 이야 기를 나누었다. 손님은 한시도 짓고 술도 잘 마시는 데다 바둑 솜씨도 있었다. 주인은 무척이나 반가워 그를 머물도록 하였고, 하루 종일 비가 내려 한밤이 되었다. 손님은 짧은 퉁소를 꺼내며 말하였다.

"이 퉁소는 황새 정강이뼈로 만든 것입니다. 당신께선 한번 들어 보시지요."

노래 하나를 연주하는데 소리가 맑게 울리자 빗줄기는 그칠 듯하였고, 구름 속의 달도 어슴푸레 비추기 시작했다. 주인은 너무도 즐거웠다. 손님이 이번엔 짧은 칼 하나를 꺼내는데 등불에 서릿발 같은 빛이

우조　동양 음악에서, '우' 음을 으뜸음으로 하는 조. 다른 곡조보다 맑고 씩씩하다.

계면조　국악에서 쓰는 음계의 하나. 슬프고 애타는 느낌을 주는 음조로, 서양 음악의 단조(短調)와 비슷하다.

엄군평嚴君平　촉(蜀)의 서울 성도(成都)의 점쟁이인 엄준(嚴遵). 충효와 신의로 사람들을 가르쳤고 날마다 백 전을 얻으면 곧 가게를 닫고 「노자(老子)」를 읽었다고 한다.

구휼　사회적 또는 국가적 차원에서 재난을 당한 사람이나 빈민에게 금품을 주어 구제함.

번뜩였다. 주인은 너무나 깜짝 놀랐다. 이때 창밖에서 어떤 사람이 아뢰는 것이었다.

"소인들도 이미 도착했습니다."

손님이 다시 칼을 들고 왼손으로 주인의 손을 잡으며 일렀다.

"주인께선 어진 분이니 제가 차마 다 가져갈 순 없겠습니다."

그리고 명령을 내렸다.

"모든 물건은 반으로 나눠 가라. 저 검은 노새만은 나눌 수 없으니 남겨 두어 어진 주인의 손님 접대 잘하는 은혜에 보답하자꾸나."

"예. 그러하겠습니다."

잠시 뒤에 다시 아뢰었다.

"분부하신 일은 이미 마쳤습니다."

손님은 일어나 읍*을 올리고 떠났다. 주인이 집안 물건을 살펴보니 크건 작건 간에 모두 반을 나눠 가져갔고, 한 사람도 해를 입지 않았다. 그런데 노새만은 찾아도 보이질 않았다. 주인은 집안사람들에게 입단속을 시켜 비밀로 하고 소문이 새나가지 않도록 하였다. 오후가 되자 노새가 스스로 돌아왔는데 등에 풀로 엮은 자루가 하나 실려 있었고, 자루에는 편지글이 있었다.

"못난 졸개가 명령을 어겼기에 삼가 그놈 머리로 사죄드립니다."

등불 앞 빠른 칼날 가을 물결 춤추는 듯,	燈前揮霍舞秋濤
황새 뼈 통소 소리 빗줄기 밖 높이 솟네.	鶴骨簫聲截雨高
모든 물건 나누라는 명령을 어긴 졸개,	百物中分違令卒

머리를 실어 보내 시골 부호께 사죄하네.　　　包頭驟俗謝鄕豪

호랑이 때려잡은 사람

계해년(1803년) 마지막 날 섣달그믐에 속리산 근처 신애촌에 선비들이 한 집에 모두 모여 술을 마시며 한 해를 보내고 있었다. 한밤이 될 즈음 어떤 장부가 맨발로 들어오는데 옷은 모두 찢겨져 있고 핏자국이 낭자한 채 급한 듯 말하였다.

"내가 배고파 죽겠수. 배 좀 채웁시다."

여러 사람들은 놀랍고 두려워 얼른 술과 고기, 떡이며 국까지 모아다 먹게 하였는데, 마치 눈이 녹듯이 열 사람 몫을 해치우는 것이었다.

"집은 영월에 있지요. 엊그제 저녁에 나이 드신 어머님이 호랑이에게 물려가 다급히 쫓아 나왔다오. 멀리 달아나는데 화가 나서 삼 일 낮밤을 놓치지 않고 따라와 조금 전에야 뒷동산에서 잡아 죽였지요. 여기에서 영월까지 몇 리나 되나요?"

"삼백여 리쯤 된다오."

"그렇다면 내일 새벽이면 돌아가겠군. 뭣 좀 빌립시다."

주인이 짚신과 버선을 내주었다. 손님이 가고 나서 횃불을 들고 모두

읍 인사하는 예(禮)의 하나. 두 손을 맞잡아 얼굴 앞으로 들어 올리고 허리를 앞으로 공손히 구부렸다가 몸을 펴면서 손을 내린다.

함께 가서 찾아보니 과연 황소만 한 호랑이를 때려잡아 놓았다고 한다.

짧은 옷에 맨발로 눈길을 달려가서,	短衣徒跣雪中行
한밤중 놀래었네 호랑이 잡는 소리에.	夜半驚聞打虎聲
거리가 영월까지 삼백 리란 소리 듣고,	見說越州三百里
집으로 돌아가도 새해면 당도한다네.	還家猶足拜新正

김오흥

　김오흥은 마포나루의 뱃사공인데, 용기와 힘으로 따를 사람이 없었다. 그는 용산 강가의 읍청루 처마로 뛰어올라 발등을 기왓골에 걸쳐 거꾸로 걸어 다닐 정도였다. 마치 제비나 참새처럼 빨랐다. 그는 길을 가다 공정하지 못한 일을 보면 약한 이들과 어려운 처지의 사람들을 돕는데 목숨도 아끼지 않았기에, 마을 사람들이 감히 의롭지 못한 일은 저지를 생각도 하지 못했다.

누대 처마 아득하게 강가에 걸렸는데,	樓簷千尺壓江潯
몸 날려 달리는 것 거꾸로 매달린 새.	飛蹴身如倒掛禽
약하고 곤궁한 이 못 도울까 걱정이니,	扶弱恤窮嗟莫及
주변의 사람들 그 누가 불평하리.	傍人誰有不平心

팽 쟁라

팽씨는 부잣집 자식이었다. 집안의 재산이 십만 금이나 되었지만 여전히 부족하다고 여겼다. 그래서 시험 삼아 산에서 나는 갓나물*을 사재기하여 큰 이득을 얻고자 하였다. 먼저 삼천 꿰미 돈을 풀어 갓나물 밭을 모조리 사들여 도성 안에 갓나물이라곤 찾아 볼 수도 없게 만들려는 생각이었다. 가을이 되자 갓나물을 사라고 소리치는 사람들이 끊이질 않았고, 이천 꿰미나 더해 모두 사들였다. 이렇게 되자 갓나물 값이 과연 폭등해 갓나물이 귀해졌다. 그런데 이제 사람들은 한 푼에 세 개의 쓰디쓴 갓나물을 사서 뭐하겠냐고 생각하기 시작했다. 결국 갓나물을 사려는 사람들이 없어 팽씨의 나물은 겨울을 지나 봄이 되자 벌레 먹어 썩기 시작하였다. 그는 어쩔 수 없이 갓나물을 강물에 버렸고, 곧 손해 본 재산을 다시 채우고야 말겠다고 각오하였다. 하지만 시작하는 사업마다 낭패를 보아 집안은 마침내 빈털터리가 되었다. 이로 인해 마음에 미친병이 들어 갓나물 가루를 말린 쥐고기에 발라 걸어다니면서 먹었다고 한다. 그 집안사람들이 쟁라*로 날을 보냈기에 사람들이 팽 쟁라라고 불렀다.

갓나물 갓의 잎이나 줄기를 데쳐서 무친 나물.
쟁라 악기나 노리개 종류의 하나인 듯하나 자세히는 알 수 없다.

다 낡은 적삼*에 초립*, 머리는 헝클어져,　　裂衫隳笠鬢鬅鬙

걸으며 쯥쯥거려 먹는 것 말린 쥐고기.　　唧唧行啖鼠子粑

누군들 알아주리 한창때 팽 갑부를,　　誰識當年彭十萬

쟁라 집안사람 본래는 갓나물 장사였다네.　　緋羅家本椎椒家

이야기 주머니

　이야기 주머니라 불리는 김 노인은 옛이야기를 잘하여 듣는 사람들이 포복절도할 지경이었다. 그가 이야기할 때면 구절마다 불리고 늘리는데도 착착 조리에 맞았고, 횡설수설 아무렇게나 말하는 것이 귀신이 돕는 것처럼 이어져 익살꾼의 왕이라 할 만하였다. 하지만 그 내용을 가만히 살펴보면 모두가 세상을 조롱하고 타이르는 말들이었다.

지혜로운 구슬 아름답게 꿰어 내고,　　智慧珠圓比詰中

예전의 『어면순』*이 익살의 왕이었네.　　禦眠楯是滑稽雄

산 꾀꼬리 들 따오기 다투어 소송하니,　　山鶯野鶩紛相訟

노련한 황새의 재판 판결이 공정했다네.°　　老鸛官司判至公

임 수 월

　임희지林熙之의 자字는 희지熙之이며 다른 자는 수월水月로 중국어 역관이었다. 술 마시길 좋아하고 생황●도 잘 불었으며, 난초와 대나무 그림 솜씨도 제법이었다. 그는 천성이 기이한 것을 좋아하였다. 한번은 자신의 집 마당이 말을 돌려 나가기도 힘든 곳인데 그 안에 겨우 발 하나 디딜 정도의 땅만 남겨 둔 채 연못을 파고는 연꽃을 심고 물고기를 길렀다. 그리고 한번은 눈이 내리고 나서 새벽녘 달이 밝자 머리엔 한 쌍의 상투를 틀고 신선들이 입는다는 깃 달린 옷차림으로 청계천 다섯째 다리 위에서 생황을 부는 것이었다. 지나던 사람들이 보고는 신선이 아닌가 의아해하였다.

신선 옷 쌍상투로 생황 부는 한밤중에,	羽衣雙髻夜吹笙
다섯째 다리 위엔 눈 그치고 달빛 밝네.	第五橋頭雪月明
술기운이 손가락에 흘러 펼쳐지면,	酒氣指間流拂拂
마루 가득 난초와 대나무 마음껏 그려 내네.	滿堂蘭竹寫縱橫

적삼 윗도리에 입는 홑옷. 모양은 저고리와 같다.
초립 예전에, 주로 어린 나이에 관례를 한 사람이 쓰던 갓. 가늘고 누런 빛깔이 나는 풀이나 말총으로 결어서 만들었다.
어면순 조선 중종 때에 송세림이 우스운 이야기를 모아 엮은 책.
●'황새의 재판'으로 전하는 이야기로 꾀꼬리, 뻐꾸기, 따오기가 목소리의 우열을 황새에게 결정해 달라고 하면서, 따오기가 뇌물을 써서 일등이 되었다는 내용이다.
생황 아악(雅樂)에 쓰는 관악기의 하나. 나무로 박 모양의 통을 만들어 17개의 대나무 관을 꽂고 통 옆에 만든 숨구멍을 불어 소리를 낸다.

박 효자

효자의 이름은 지순으로 경상남도 통영의 장교이다. 그가 부모님을 봉양하는 정성이 너무도 지극하였다. 그래서 부모님이 병에 들면, 옛날 중국에서 얼음 언 강에서 잉어가 뛰쳐나오고 눈밭에서 죽순이 돋아나는 것과 같은 신이한 일이 나타났으며, 부모님이 돌아가셔서 장례를 치르고 여막*에서 삼 년 동안 무덤을 지키고 있을 적에는 호랑이가 와서 지켜봐 주기도 하였다. 이 때문에 그런 사실을 모르는 부녀자나 아이들은 그가 문을 나서면 달음질을 치며 외치고 다녔다.

"호랑이님 오신다. 호랑이님이 오셔."

눈밭 죽순, 얼음판 잉어 사실임을 믿겠구나,	雪笋氷魚事信哉
부모님 그리워서 여든에도 슬퍼하네.	思親八十尙含哀
여막 옆 호랑이는 따르는 강아지처럼,	廬傍有虎馴如犬
밤마다 무덤가에 호위하며 오가누나.	上塚晨昏護往來

배 선달

배 선달은 무과에 급제한 경기도 안성 사람이다. 나이 서른 즈음에 매일 밤마다 나갔다가 새벽이 돼서야 돌아왔는데, 언제나 몸은 젖어 있었고 눈동자는 점차 붉어만 갔다. 그의 아내가 괴이쩍게 여기고 어느 날은 몰래 남편의 뒤를 따라가 엿보았다. 남편은 호랑이 무리 안으로 들어가더니 그 역시 호랑이로 변신하는 것이었다. 아내가 너무도 놀라 비명을 지르자 호랑이들도 놀라 흩어졌고 배 선달도 달아났다. 이런 일이 있은 뒤로 주변 마을에서는 호랑이가 마을로 내려올 때마다 "배 선달 왔는가" 하고 부르면 호랑이가 마치 부끄럽기라도 한 듯이 고개를 떨구고 귀를 늘어트린 채 재빨리 껑충 뛰어 달아났다.

무과 급제 빛난 이름 호랑이로 변신하여,	虎榜榮名變虎身
금빛 눈 철갑 발톱 비추어 번득번득.	金瞳鐵爪暎霜霜
호랑이 마주쳐서 배 선달 불러 보면,	相逢輒呼裴先達
부끄럼 아는 듯이 멀찍이 피해 가네.	猶解羞生遠避人

박 초료

박 초료의 형은 장딴지 힘이 대단해 황새 다리를 가진 협객이라는 의미로 '관협鸛俠'이라 불렸다. 박 초료의 키는 석 자도 되지 않아 대여섯 살 아이처럼 몸이 작았다. 그래서 황새라 불리는 형과 달리 작은 뱁새와 같다고 '초료'라 불렸다. 박 초료는 입으로 소리를 내는 재주가 있었다. 그가 입으로 퉁소 소리를 내고 코로는 거문고 소리를 흉내 내어 동시에 연주를 하면 소리와 음률이 화음을 이루었다. 세상 사람들은 그를 최고의 재주를 지닌 연주단으로 생각했다.

노래나 휘파람 아닌데 하늘가 구름 넘어,	非歌非嘯遏雲霄
코에선 거문고요 입으론 퉁소 소리.	鼻有琴琶口管簫
협객 사이 노래 좋은데 우스개도 더하니,	俠藪佳聲添笑話
형님은 황새요 아우는 뱁새로다.	阿兄鸛鶴弟鷦鷯

총각 이씨

총각 이씨는 문성공 율곡 이이의 서자* 후손이다. 그는 별다른 재주
는 없었지만 관아 모든 기녀들의 사랑을 받았다. 그가 성문 안으로 들
어가면 기녀들이 저마다 모시기를 다투며 술과 음식을 실컷 먹이고 옷
도 마련해 주는 것이었다.

철마다 옷과 음식 맛난 술 갖춰지네,	時食時衣美酒杯
돈 없는 신세에 재주도 없건만.	無財身世又無才
기녀도 중시함은 선현의 후예기에,	佳人亦重先賢裔
다투어 말 전하네 우리 집안 총각 온다고.	爭說儂家總卯來

벙어리 조방꾼*

벙어리는 성이 최씨인데 수화를 하듯 손으로 말을 전했다. 그는 관아

나 주점의 기녀를 도맡아 담당하였다. 날마다 부호가의 자제들을 초청해 기녀들 사이에서 취하고 잠들면서도 평생 한마디의 신용을 잃은 적이 없었다. 그래서 풍류를 아는 남녀들 모두가 그를 아껴 주었다. 옷이나 재물이 비록 가난하긴 했지만 여러 자제들과도 허물이 없었다.

노을이 아름답다 말하고 싶으면,	若曰黃昏有美兮
손가락은 해처럼 둥글게 눈길은 서쪽 보네.	指圍如日睇橫西
사람 만나 홀로 꽃가지 들고 웃으면,	逢人獨把花枝笑
소년들 다투어 수수께끼 푼다오.	少年爭猜沒字謎

반표자

박동초朴東初는 평안도 강계의 무인이다. 활과 포에 재주가 있었고 힘이 대단하였다. 그가 언제나 국경을 지키는 방수장防守將을 맡고 있어서 인삼을 훔쳐 캐 가는 자들이 압록강을 건너 올 생각도 하지 못하였고 서로가 조심하도록 말하였다.

"강을 건너거든 반표자는 피하시오."

반표자라는 말은 박동초의 얼굴에 마마 자국이 심해 표범의 얼룩무늬

서자 양반과 양민 여성 사이에서 낳은 아들.
조방꾼 기생이나 창기의 온갖 일을 돌봐 주며 생활하는 사람.

와 같다고 해서 붙인 말이다.

활시위 소리에 사냥꾼 놀라게 만들고,　　　　弦聲驚殺獵貂群

네 고을의 산천은 손바닥 보듯 하네.　　　　四郡山川指掌分

이 사람 조선의 반표자이니,　　　　　　　　最是朝鮮斑豹子

인삼 도둑 압록강에 가까이 말거라.　　　　挖蔘休近綠江濆。

이중배

이중배는 조방꾼의 우두머리였다. 한번은 또래의 자제 열 사람과 저마다 천 닢의 돈을 걷기로 약속하였다.

"오늘 밤 나라 안에서 제일가는 미인을 만나 볼 수 있습니다. 천 닢으로 술자리를 마련해야지요."

사람마다 이렇게 말하면서 다른 사람들과 약속한 것은 알지 못하도록 하였다. 약속한 저녁에 열 사람이 모두 도착하였다. 그들은 기름 먹인 창에 등불이 밝게 빛나며 아리따운 그림자가 비추자 저마다 속으로 생각하였다.

'저 아홉 사람은 무엇하러 왔담. 이러다 좋은 일을 망치는 건 아닐는지.'

이때 이중배가 혀를 쯧쯧 차고 나무라기도 하면서 자주 들락날락하였다. 그러자 모두들 이중배도 나머지 아홉 사람 때문에 그러려니 여겼다. 그러다가 닭이 울었고 해가 밝아 오자 이중배는 술과 나물 안주를 간단하게 차려내 대접하더니 돌려보내는 것이었다. 그 열 사람은 자신이 이중배의 술수에 놀아난 줄도 몰랐다.

열 명의 샌님들은 앉아서 기다릴 뿐,	十箇兒郞坐不廻
주렴 속 아리따운 모습만 아른거리네.	隔簾花影乍徘徊
샌님들 그나마 술과 나물 대접하니,	行中尙有三毛醲
속임수 얘기할 땐 이중배가 최고라지.	騙局相傳李仲培

고을 어귀 삼월이

짝이 많은 처녀는,	處女多匹
고을 어귀 삼월이.	洞口三月

이는 한양 사람들이 부르는 노래로 '삼월이'라는 여인을 위해 지어진 것이다. 삼월이는 나이 오십이 되도록 늘 처녀처럼 꾸미고 다녔다. 그녀는 떡과 엿을 팔아 화장품을 마련하여 낮이나 밤이나 화장을 했는데 만나는 사람 모두가 자신의 남편이었던 때문이다. 한번은 술에 취해서 잘려 매달린 사형수의 머리 아래를 지나가다 손으로 그 뺨을 때리며 말하였다.

"남의 집 침입을 금하는 법률이 있거늘 하물며 구중궁궐이랴! 너는 한갓 도적이 아니라 참으로 바보로구나."

매처럼 당찬 성미에 눈썹을 그리고,	鷹鸇衷性畵蛾眉
잘린 머리 앞에 두고 뺨을 때린 아이로다.	藁餓當前批頰兒
무너진 세 칸 집도 침입을 금하거늘,	破屋三間禁奪入
구중궁궐이야 엿볼 수 있겠느냐!	九重城闕乃能窺

주천 고을 아낙네

강원도 원주의 주천酒泉 고을에 땅을 빌려 농사짓는 김씨와 아내 이씨가 살았다. 이들은 어리석고 가난한 살림이었다. 어느 날 눈보라가 심한 저녁이었다. 한밤중에 어떤 사람이 문을 열고 들어오는 것 같아 내다보았지만 아무도 없었다. 그런데 이런 소리가 났다.

"내가 너무도 추워 너희 집에 머물련다."

아침에 잠에서 깬 김씨와 이씨는 모두 취한 것처럼 어지러워하면서 이상한 말을 하였다.

"시 잘하는 사람이 있으면 와서 나와 화답해 보자."

사람들이 이상하게 여기며 돗자리 짜는 시를 지어 보라고 하자 부인이 즉석에서 읊었다.

여러 병사가 한 마리 말을 타니,	衆兵乘一馬
열흘이 지나도록 길을 가지 못하누나.	十日不能行
가운데 얹어 놓은 은 안장 무겁고,	跨半銀鞍重

| 길게 흩날리는 옥 띠는 가볍구나. | 飄長玉帶輕 |

(5구와 6구는 잊었다.)

| 일을 마쳐 결실을 거두고는, | 事了收功課 |
| 높은 마루 앉은 곳이 훤히 밝도다, | 高堂坐處明 |

이후로 원주의 선비들이 날마다 부부의 집에 드나들며 겨울부터 다음 해 봄까지 지은 한시가 삼백여 수나 되었다. 그 시들은 맑고 신선한 데 다 놀랄 정도로 기발해서 사람이 지은 것처럼 보이지 않았다. 작품이 흩어져 전하지 않고 말았으니 안타까운 일이었다. 이런 구절들이 있다.

| 뾰족뾰족한 노랗고 작은 것 모여들고, | 尖尖黃小聚 |
| 자디잔 희고 둥근 것 선명도 하네. | 瑣瑣白團明 |

사람들이 노랗고 작은 것과 희고 둥근 것이 무엇이냐고 물으니 부인이 말해 주었다.

"노랗고 작은 것은 작은 물고기이고, 희고 둥근 것은 상산화常山花랍니다."

이처럼 독특한 작품이 매우 많았는데 아마도 사람에게 혼령이 깃든 듯하였다.

어느 날 그 혼령이 말하였다.

"나는 가네."

그로부터 김씨와 이씨는 술에서 깬 듯 정신이 말짱해졌다. 하지만 전혀 시는 지을 줄 모르게 되었고, 자신들이 무슨 말을 했는지도 몰랐다.

베 짜고 농사짓던 부부 일손 멈추고,	織婦斷機夫撤耕
문 닫고 마주앉아 웅얼웅얼거리네.	閉門相對語咿嚶
귀신의 시 삼백 수에 인연이 다하여서,	乩詩三百奇緣滿
정신이 돌아오니 낫 놓고 기역 자도 모르네.	本色還他不識丁

의영

의영이라는 사람은 우스갯소리를 잘하였다. 세상 사람이나 동물들이 사랑을 나누며 장난치는 장면을 너무도 똑같이 흉내 내었다.

"세상에서 볼만하고 재미있는 것이라곤 이런 사랑 놀음 말고 뭐가 있겠나. 식견 있는 사람이 본다면 재주와 학문을 깨달을 것이고, 스스로 경계하며 사람들도 조심하게 할 만할 것이다."

그가 늘 하는 말이었다.

말과 개의 짝짓기 모두 흉내 내고,	馬盖狗連無不爲
남녀의 사랑 놀음 거울로 보는 듯.	橫陳秘戲鏡中窺
천년만년 지나도 풍류의 한스러움,	千生萬劫風流恨
추파 한번 던짐에 달려 있다오.	只在秋波一轉時

시줏돈 빼앗은 강씨

강석기姜錫祺는 한양의 난봉꾼이다. 날이면 날마다 술주정을 부리면서 사람들을 괴롭히지만 감히 대적할 사람이 없었다. 선행을 권하는 글을 들고 시주를 받는 스님이 약간의 돈을 모아둔 것을 보고는 그가 이렇게 물었다.

"저 돈을 시주한 사람들은 천당에 오르겠지?"

"그렇지요."

"저 돈을 훔친 자는 지옥에 갈 테고."

"물론이지요."

강석기는 씨익 웃으며 말했다.

"스님께 적선한 돈이 이렇게 많은 걸 보면 천당에 오르는 길엔 분명 어깨가 부딪치고 발이 밟힐 정도여서 사람들이 걷기도 힘들겠구려. 그럼 누군들 이런 고통을 견딜 수 있단 말이오. 나는 차라리 지옥으로 가는 길을 택해 팔을 휘저으며 한가롭게 걸어가겠소. 그렇다면 지금 저 돈을 뺏어다 술에 취하지 않을 수 없겠지."

그는 시줏돈을 하나도 남기지 않고 가져갔다.

사람마다 시주하여 천당에 올라가고,	人人佈施上天堂
시줏돈 빼앗으면 마땅히 지옥행이지.	攘取應須地獄行
비좁은 천당 길은 발 디딜 틈 없으니,	路窄天堂容不得
팔을 휘저으며 마음껏 걸으리다.	無寧掉臂去縱橫

탁 반두

탁 반두의 이름은 문환文煥으로 천연두를 옮긴다는 역신을 쫓기 위한 의식을 담당하는 나례국儺禮局의 우두머리이다. 어려서부터 기녀 황진이의 춤과 만석중 놀이의 노래를 잘해 나례국 예인들 가운데 그를 따를 사람이 없었다. 나이 들어 중국 사신을 맞이하는 연회에서 수고한 것으로 가선대부의 품계를 받았다.

황진이 발걸음에 어여쁜 눈썹 다소곳,	眞娘弓步斂蛾眉
만석중 비틀비틀 장삼 입고 춤추네.	萬石槎槎舞衲緇
중국의 번작과 신마의 춤 누가 따르리,	旛綽新磨何似者
반두 자리에 탁 동지 먼저 꼽는다오.	斑頭先數卓同知

물구나무로 걷는 여인

손이 곱아 물건도 제대로 잡지 못하는 여자가 있었다. 하지만 그녀는 발가락이 가늘고 길어 바늘이나 절굿공이, 다듬이 방망이도 발로 능숙하게 다루었다. 걸을 때는 거꾸로 서서 손바닥에 신발을 낀 채 뒤뚱거리며 다녔다. 밤마다 등불을 켜고 삯바느질로 생계를 꾸렸다.

곱은 손 뒤뚱뒤뚱 신발은 뾰족하고,	騈手盤行着屨尖

발가락 생강 싹처럼 가늘어 섬섬하네.　　　芽薑足指見纖纖

거꾸로 사는 인생 고생이 많겠지만,　　　顚倒人生猶作苦

등불 앞 발을 뻗고 바느질 열심일세.　　　箕踞燈前刺繡針

만덕

만덕은 제주도 기녀이다. 그녀는 엄청난 재산을 모았고, 눈이 겹눈동자*였다. 정조 임자년(1792년) 제주도에 큰 흉년이 들자 만덕은 수천 가마니의 쌀과 수천 꾸러미의 돈을 풀어 온 고을 백성을 살려 내었다. 임금께서 너무도 훌륭하게 생각하여 만덕의 소원을 물어보도록 하였다.

"저는 여자인 데다 미천한 사람입니다. 달리 소원이라곤 없습니다. 오직 원하는 것이 있다면 도성의 궁궐과 금강산을 한번 보고 싶습니다."

임금께서 명하여 역마를 타고 서울로 오도록 하여, 궁궐 내의원에 소속시켜 의녀의 우두머리로 삼았다. 또한 역마를 이용해 금강산 유람을 다녀오도록 허락하였다.

회청대* 세울 만한 고을나*의 제주도에,　　　懷淸臺築乙那鄕

겹눈동자 눈동자가 겹쳐 있는 경우로, 중국의 순임금이 겹눈동자였기에 성인군자를 의미하게 되었다.
회청대 과부가 된 후에도 가업을 계승하고 재산을 잘 지켰던 청(淸)이란 여인을 기리기 위하여 진시황이 지은 누대 이름으로, 여기서는 만덕에 비유한 것이다.
고을나 제주도 삼성혈 신화에 전하는 제주 고씨의 시조.

곡식은 산처럼 쌓이고 말은 골짜기 가득,	積粟山高馬谷量
겹눈동자 지녔음을 저버리지 않았으니,	賦汝重瞳眞不負
아침에는 궁궐 보고 저녁에는 금강 유람.	朝瞻玉階暮金剛

통영 아이

통영 아이의 이름은 모르지만 스스로 통영 아이라고 하였다. 통영 아이는 한쪽 다리를 절었고, 열 살 때 동생을 길에서 잃어버리고는 밤낮으로 슬퍼 울다가 두 눈도 잃고 말았다. 부모가 모두 돌아가시자 혹시라도 제 아우를 만날까 싶어 전국 팔도를 구걸하며 돌아다닌다 하였다. 그가 온갖 새를 두고 지은 「백조요百鳥謠」라는 노래는 이러하다.

노래 잘하는 꾀꼬리는 첩으로 두고,	鶯善歌宜妾
말 잘하는 제비는 여종을 삼지.	燕能言宜婢
얼룩 옷 까치는 행차 하인 시키고,	鵲衣斑宜禁皀
목이 긴 황새는 포교가 좋지.	鸛頸長宜捕校

온갖 새를 노래하였으니 옛날에 새 이름으로 벼슬 이름을 붙인 것과 비슷하다.

노래꾼 꾀꼬리 말재주꾼 제비는 첩과 여종 삼아라,	鶯歌鷰語選姬鬟

날짐승 삼백 마리 모두 관원 만드네.　　　　　三百飛禽總紀官

할미새* 부르다 멈추고 두 줄기 눈물 흘리니,　唱斷鶺鴒雙下淚

형제는 어느 날 다시 서로 만날까.　　　　　弟兄何日更相看

김씨의 아들

　김씨의 아들은 심장병에 풍증*이 있어 속으로 말하고 싶은 것이 생기면 참을 수가 없었다. 만일 잠시라도 참고 있으면 손발이 벌벌 떨리면서 재채기가 크게 터져 급히 소리 질렀다.

　"이러이러하고 저러저러한 일이 있었어요."

　그는 언젠가 한 여종과 정을 통하고, 또 술 한 잔을 훔쳐 마신 적이 있었는데, 역시 스스로 숨기지 못하고 이웃들이 모두 듣는 데서 자신이 한 짓을 말할 수밖에 없었다.

평생을 한마디도 마음에 담아두지 못하니,　平生一語不留中

도둑질과 간사함도 지극히 공정하네.　　　證盜呼奸也至公

천하의 사람들이 모두가 그와 같다면,　　天下人人皆似許

투명한 유리 세계 수정궁 되리라.　　　　琉璃世界水晶宮

할미새 「시경」에 형제간의 우애를 할미새에 비유한 노래가 있다.
풍증 중추 신경 계통에서 일어나는 현기증, 졸도, 경련 따위의 병증을 통틀어 이르는 말.

유운태

유운태는 황해도 봉산의 장님이다. 일곱 살에 눈을 잃었다. 그는 여섯 살에 이미 『사기』를 읽고 시를 지을 정도였기에 장님이 된 뒤에도 공부를 부지런히 하였다. 열세 살에 유학의 경전을 외웠고, 『주역』을 읽으면서 무언가 깨달음이 있어 중국 복희씨와 문왕의 『주역』에도 힘을 쏟았다. 마침내 점술에 막힘없이 환히 알게 되어 백에 한 번의 실수도 없었다. 마침내 나라 안에 이름이 났고, 자신을 봉강선생鳳岡先生이라 불렀다. 사람들이 의문 나는 일을 해결하고자 오면 점을 치고 효제충신의 도리에 대해 이야기해 주었기에 사람들은 도인 엄군평嚴君平의 풍모가 있다고 여겼다.

도도하게 『주역』 읽으니 황하 물결 터진듯이,	滔滔講易決河源
시초와 관매로 점을 치며 옛 정신을 불러오네.	折草觀梅返古魂
자식 되고 신하 된 이 충효를 말해 주며,	爲子爲臣忠及孝
정녕코 기억하여 하늘의 말 따르라네.	丁寧記取倚龜言

물고기로 변한 할머니

할머니는 본래 서울 사람이다. 몇 해 동안 병치레를 하다가 병이 조금 나아지자 물에 들어가 목욕이 하고 싶어졌다. 할머니는 문을 닫고 목욕통에 들어가 헤엄을 치면서 한참이 지나도 나올 생각을 하지 않았다.

사람들이 문을 열고 들어가 보니 물고기만 남아 있었다.

> 한 동이 맑은 물에 찌든 몸 씻어 내고,　　　　一盆淸水濯塵軀
> 흔들흔들 꼬리 치며 아침 내내 즐기누나.　　　圉圉終朝樂矣夫
> 큰 바다와 강과 호수 이처럼 보일 테니,　　　　河海江湖如是觀
> 물고기됨 잊는 날 나 자신도 잊으리.　　　　　忘魚之日卽忘吾

금성월

기녀 금성월은 재주와 미모가 빼어나 그 명성을 따를 사람이 없었다. 어떤 사람의 아들이 그녀를 좋아하여 몇 년 동안 함께 지내었다. 그 사람이 죄를 지어 사형을 받게 되자 금성월은 탄식하였다.

"낭군이 저를 사랑하심이 천하에 둘도 없었기에 저도 낭군께 보답함이 천하에 둘도 없으리라고 기약했답니다."

그러고는 먼저 칼을 들어 자결하였다. 당시 사람들이 모두들 열녀라고 하였다.

> 비단 치마 보석 비녀 천금에 사다 주며,　　　珠裳寶髻賣千金
> 바다 메우던 외로운 새 괴로운 마음일세.　　塡海孤禽只苦心
> 낭군에 받은 은혜 먼저 갚고 싶어 하여,　　　宽債先於公債了
> 아름다운 뜨거운 피 원앙금침 뿌리었네.　　香生烈血灑鴛衾

입에서 입으로 전해진 우리 삶의 모습

　사람들의 생활 방식은 지역마다 다른 데다가 시간이 흐르면서 점차 변해가지만, 사람은 누구나 대화를 나누며 살아간다는 사실만큼은 크게 다르지 않습니다. 특히 인간이 의사소통을 시작한 이후로 이야기를 나누고 즐기던 습성은 동서고금을 떠나 한결같은 것이었습니다.

　옛날 사랑방에서는 할머니가 손자손녀에게 깜짝 놀랄 만한 재미있는 이야기를 들려주던 시절도 있었습니다. 사랑방뿐 아니라 이야기를 재미있게 하는 재주꾼이 있는 곳이면 그의 주변에는 사람들이 모여 들었습니다. 사람들은 이야기 듣기를 매우 좋아했고, 말재주가 있는 이들은 이야기를 새롭게 꾸며 내어 더욱 실감나고 재미나게 전했습니다. 요즘은 이런 모습을 보기가 힘들지만 여전히 사람들은 남의 이야기를 듣고 전달하는 데 관심이 많습니다. 지금은 라디오, 텔레비전, 인터넷, 스마트폰 등을 통해서 글, 사진, 동영상 등으로 서로의 이야기를 나누고 있다 하겠습니다.

　조선 시대에도 많은 이야기들이 사람들의 귀와 입으로 오고 갔습니다. 재미있는 이야기는 더욱 빨리, 보다 많은 사람들에게 전해졌을 것입니다. 그래서인지 당시에는 이야기를 전문적으로 들려주는 이야기꾼이 생겨날 정도였습니다. 옛날이야기를 연구하는 분들에 따르면 이야기꾼들도 저마다 특색이 있어 대략 세 부류로 나뉜다고 합니다.

첫째는 원래 말재주가 뛰어나 자신이 경험하거나 전해 들은 내용을 새롭고 실감 나게 구성하여 들려주던 '강담사講談師'입니다. 둘째는 마치 사람들 앞에서 판소리를 들려주듯이 이야기를 장단과 가락에 곁들여 노래로 불러 주던 '강창사講唱師'입니다. 셋째는 사람들이 즐겨 읽던 이야기책을 손에 들고 혼자서 연기를 하듯이 읽어 주던 '강독사講讀師'입니다. 이들 이야기꾼들은 이미 알려진 이야기일지라도 사람들에게 들려주는 과정에서 필요 없는 대목은 빼기도 하고, 흥미진진한 긴장감을 자아내기 위해 전혀 관계없는 다른 이야기를 덧붙이기도 했습니다. 짧고 간단한 이야기들은 이런 사람들의 입을 거쳐 가면서 재미있고 풍성한 이야기로 변해갔습니다.

조선 후기에 기록되기 시작한 야담

조선 후기가 되자 이렇게 전해지던 이야기에 관심을 가진 문인文人들이 자신이 들었던 이야기들을 하나둘씩 모아서 한문漢文으로 기록하는 경우가 생겼습니다. 그 전에도 문인들이 듣고 경험한 일들을 글로 남기는 활동은 흔히 있었습니다. 하지만 일반 백성들이 주고받는 이야기에 관심을 갖고, 또 그런 이야기만을 기록으로 남기는 경우는 조선 후기가 되어서야 일어난 독특한 현상이었습니다. 그래서 우리는 이런 기록들을 특별히 '야담野談'이라 부르고, 야담을 모은 책을 '야담집野談集'이라고 합니다.

19세기에는 300편 전후의 작품을 수록하며 '3대 야담집'으로 일컬어지는 편자 미상의 『청구야담靑邱野談』과 『계서야담溪西野談』, 이원명李源明(1807~1887년)

의『동야휘집東野彙輯』이 출현할 정도였습니다. 그만큼 많은 이야기들이 사람들 사이에 퍼져 있었고, 이런 이야기를 듣는 것을 즐기는 사람들이 많았다는 의미입니다.

하지만 조선 후기의 이런 현상은 단순히 사람들이 이야기 주고받기를 좋아해서만은 아닐 것입니다. 고려 시대나 조선 전기에는 이야기꾼이나 야담집이 등장하지 않은 것만 보아도 그렇습니다. 이야기꾼이 등장하고 야담집이 출현한 것은 사실 조선 후기에 흥미로운 이야깃거리가 많아졌기에 가능한 일이었습니다. 조선 후기가 되면 화폐를 이용한 경제가 발달하면서 도시와 농촌의 삶에 많은 변화가 일어났습니다. 끝내 벼슬자리를 얻지 못하고 몰락해 가는 양반도 생겨났고, 상공업과 농업을 통해 상당한 재산을 축적한 농민이나 중인들도 등장하였습니다. 거지로 전락한 양반이나 부자가 된 하층민의 이야기는 사람들의 관심을 끌 만한 소재가 되었습니다. 세상이 점점 변하면서 기생, 예술가, 음악가, 거지, 도둑, 기인 등과 같은 부류 가운데 특이한 행적으로 주목을 받는 사람들이 나타났고 이들도 이야기의 주인공으로 등장하게 되었습니다. 이런 이야기를 기록한 야담은 지금의 우리들이 보자면 조선 후기 사회의 모습을 잘 담아낸 것이라고 하겠습니다.

이 책에 실린 글은 이런 이야기를 수록한 야담집 가운데에서 의미 있는 이야기를 가려 뽑아 어린이와 청소년들이 이해하기 어려운 내용을 쉽게 읽을 수 있도록 풀이한 것입니다. 조선 시대를 살아갔던 사람들의 다양하고 생생한 모습이 담겨 있고, 재미와 놀라움을 전해 주는 흥미로운 이야기들입니다. 이 책은 조선 시대의 야담집에서 가려 뽑은 이야기이자, 동시에 여러분들에게 다시금 들려주는 이야기이니 어쩌면 현대판 야담집이라고도 하겠습니다.

열네 가지 이야기에 담긴 다양한 삶의 모습

『가려 뽑은 야담』은 여섯 가지 야담집에서 가져온 이야기들입니다. 3대 야담집의 하나인 『청구야담』에서 4편, 유몽인柳夢寅(1559~1623년)의 『어우야담於于野談』과 임매任邁(1711~1779년)의 『잡기고담雜記古談』에서 각각 3편, 임방任埅(1640~1724년)의 『천예록天倪錄』에서 2편, 이덕형李德泂의 『죽창한화竹窓閑話』와 배전裵婰(1843~1899년)의 『차산필담此山筆談』에서 각각 1편씩 모두 14가지입니다. 한자로 지어진 책 제목이 어렵지요? '어우'와 '차산', '죽창(혹은 죽천'은 작자의 호號에서 따온 것으로 '어우 선생의 야담', '차산 선생의 이야기 기록', '죽창 선생의 한가로운 이야기'라는 뜻입니다. '청구'는 우리나라를 뜻하는 별명으로 '우리나라의 야담'이라는 말이며, '고담'은 옛이야기라는 뜻으로 '잡다하게 기록한 옛이야기'로 풀이합니다. '천예'는 원래 이해하기 어려운 신묘한 자연 현상을 가리키는 말로서 '신기하고 기묘한 이야기'라는 뜻입니다.

'사랑 이야기'는 문학에서 빼놓을 수 없는 주제입니다. 누구나 한 번쯤은 사랑의 감정을 느끼기 때문에 모두가 쉽게 감정을 이입하며 흥미를 가지곤 합니다. '눈을 쓸며 맺은 인연'과 '보쌈당해 만난 여인'도 그러합니다.

어떤 양반댁 도령이 어려서 만난 옥소선이라는 기생을 잊지 못해 과거 공부도 내팽개쳐 두고 먼 길을 달려와 우여곡절 끝에 연인을 만나는 내용이 펼쳐집니다. 도령이 의지할 사람 하나 없는 곳에서 과거에 목숨을 구해 주었던 아전의 도움으로 옥소선을 만나는 대목도 흥미진진하지만, 연락도 없이 떠났던 도령이 과거에 합격하여 임금님 앞에서 아버지를 만나는 장면도 극적입니다. 더구나 도령이 공부를 하도록 이끌었던 옥소선 자신도 훗날 정실부인이 되었으니 그 슬기와 지혜에 감탄하게 됩니다.

또 다른 이야기는 이러합니다. 옛날에는 나이 많은 총각이 남편을 잃은 과부를 밤에 몰래 보자기로 싸서 데려다가 아내로 삼는 '보쌈'이라는 풍속이 있었는데, 거꾸로 어떤 과부의 아버지가 젊은 남자를 새벽에 보쌈해서, 혼인식도 올리지 못한 채 정혼자를 잃은 딸과 인연을 맺어 줍니다. 딸을 위해 여러 가지 계획을 세운 아버지 김 영감의 주도면밀함에 깜짝 놀라고, 보쌈당한 남자의 마음이 점차 움직여 가는 과정이 재미나게 그려지고 있습니다.

'거지 양반 이야기'는 도적이 되어 버린 양반들의 이야기입니다. 그런데 여기에는 두 가지 공통점이 있습니다.

하나는 도적질한 재물로 도둑 떼의 생활을 안정시켜 양민으로 돌아가도록 이끌어 준다는 것입니다. 16~17세기에는 홍길동, 임꺽정, 장길산으로 대표되는 도적 떼, 즉 군도群盜의 위세가 대단했습니다. 이들은 처음에는 평범한 양민이었지만 땅을 잃어 농사도 짓지 못하거나 홍길동처럼 신분적 차별을 받던 끝에 결국 도적질을 하게 되면서 모인 사람들입니다. 현실에서는 대부분의 도적 떼가 관군에게 진압되었습니다. 하지만 야담은 이들의 딱한 처지에 관심을 가졌습니다. 먹고살 수 있는 기반을 마련하기만 하면 이들도 다시 양민으로 돌아갈 수 있다고 생각했던 것입니다.

다른 하나는 어떤 양반이 도적 떼의 두령이 되어 기지와 재략을 발휘하는 꾀주머니의 역할을 보여 준다는 것입니다. 임꺽정 무리의 모사謀士였던 서림과 같은 존재입니다. 군도들이 위세를 떨쳤지만 이들을 통솔할 인물이 필요했던 것입니다. 이야기에서는 도적이 된 양반들이 그런 역할을 맡아 도적들을 이끌어 다시 백성 본연의 자리로 돌아가게 만드는 모습을 볼 수 있습니다.

'재주꾼 이야기'에는 기지와 말재주를 지닌 인물들이 등장합니다. "말 한마디로 천 냥 빚을 갚는다"라는 속담에 해당되는 사람들이 아닐까 합니다.

첫 번째 이야기에 등장하는 아전들은 혹독한 원님에게서 벗어나고자 머리를 맞대고 고민합니다. 그렇게 내놓은 계책이 퍽이나 당돌합니다. 아무도 없는 자리에서 젊은 통인이 원님의 뺨을 때리니 말입니다. 화가 잔뜩 난 원님은 벌을 주려 하지만 아무도 그 말을 믿지 않습니다. 감히 원님의 뺨을 쳤을 리 없다고 생각하는 데다가 아전들끼리 미리 입을 맞춰 놓으니 나중에는 원님의 자식들마저도 아버지가 병이 나서 착각을 한 것이라고 여깁니다. 결국 아전들은 원님의 호통에서 벗어나지요. 장난이 너무 지나친 것은 아닌가 싶기도 합니다. 하지만 권력과 위엄을 가지고 힘없는 아랫사람들을 돌보지 못한 원님도 문제입니다. 부당한 처지에 놓인 평범한 서민들은 이런 상황에서 어떻게 대처해야 할까요. 힘없는 사람들도 뜻을 모으면 커다란 힘을 발휘할 수 있음을 보여 주는 이야기라고 할 수 있습니다.

두 번째 이야기는 김인복이라는 사람의 청산유수 같은 말솜씨를 보여 줍니다. 하나는 가난한 시골 선비의 짧은 수정 갓끈을 보고 골려 주는 내용이고, 다른 하나는 비싼 귀마개를 쓴 자신을 잡아가두려는 금리들에게 오히려 호통을 치고 풀려나는 이야기입니다. 허풍이 심하다는 생각이 들기도 합니다. 하지만 그의 풍부한 상식과 말솜씨를 가만히 지켜보면 혀를 내두르지 않을 수 없습니다. 우리나라 전국의 특산물과 유통 경로는 물론 관리들의 계통과 행태까지도 막힘없이 이야기하니 말입니다. 당시의 모습을 상당히 사실적으로 보여 주는 셈입니다. 김인복 같은 사람들이 이 책에 실린 야담들을 만들던 이야기꾼의 모습이라고 하겠습니다.

'재물 이야기'에는 재산을 불리고 횡재한 사람들이 주인공입니다. 조삼난이라는 사람은 장사로 가업을 일으켰고, 화포장은 사신으로 중국에 가다가 닥친 불운이 행운으로 뒤바뀐 경우입니다.

조삼난은 '세 가지 어려운 일'을 실천했다고 해서 얻은 이름입니다. 양반이지만 술장사를 한 일, 형님에게 밥값을 받아 낸 일, 과거에 급제해 공명을 이룬 일입니다. 특히 주목해야 할 점은 사대부 집안의 양반인 부부가 술장사에 뛰어들었다는 사실입니다. 양반이 상인들이나 하는 술장사를 한다는 것은 당시로서는 상상도 못 할 일이었기 때문입니다. 조선 후기에 벼슬을 못 해 몰락하는 양반들의 실상과 도시 경제가 발달하는 모습을 보여 주는 좋은 사례입니다. 이전에 없던 특이한 현상이 생기면서 조삼난 같은 사람이 이야깃거리가 되었던 것입니다.

화포장은 중국으로 가는 사신의 행차에서 화포를 다루는 장인을 말합니다. 가난했던 화포장은 엄청난 금은보화를 얻게 되지요. 이야기 중간에 이무기를 죽여서 재물을 얻게 된다는 믿기 어려운 내용이 나오지만 허무맹랑한 것만은 아닙니다. 당시 중국에 사신으로 가는 사람들은 은화와 인삼 등으로 무역을 하여 많은 재산을 얻을 수 있었습니다. 특히 중국어 통역을 하던 역관 가운데에서 큰 부자들이 배출되었습니다. 갑자기 부자가 되는 모습을 접한 사람들은 중국에 다녀오면서 재산을 획득한 과정을 화포장의 횡재와 같다고 생각하여 신비한 이야기처럼 표현했을 것입니다.

'여성 이야기'는 자신의 삶을 스스로 선택하여 주체적인 삶을 살았던 자매와 기생 일타홍의 이야기입니다. 옛날에는 여성들의 삶이 지금과는 비교될 수 없을 만큼 열악했습니다. 길거리도 마음대로 다니기 힘들었으니 말입니다.

주인공인 자매는 억울한 죽음을 당한 아버지의 원수에게 복수를 하고자 검술을 익히고 남장을 한 채 원수를 찾아갑니다. 살인을 살인으로 갚는다는 점에서 지금은 용서되지 않는 상황이지만 당시에는 부모의 원수를 갚는 경우 효행이라는 예외를 인정하는 사례가 있었습니다. 그렇더라도 어린 자매가 여성의 신분으로 검술을 배우고 실행하기란 쉽지 않은 일입니다. 아마도 이런 점이 당시 사람들을 감동시키지 않았을까 합니다.

일타홍은 기생의 신분으로 자신의 배필을 선택했던 당찬 여인입니다. 또한 스스로 택한 남편이 과거에 급제하도록 잠시 헤어지는 결정을 내리기까지 한

배려 깊은 여인이었습니다. 일타홍은 원래 양갓집 규수였으나 부모님을 잃자 의지할 곳이 없어 기생이 될 수밖에 없었습니다. 그런 처지에서 그녀는 스스로를 지키기 위해 주체적으로 남편을 택했습니다. 잠시 남편과 헤어져 있는 동안에도 퇴직한 재상의 집안에 몸을 숨겨 사람들의 이목을 피함으로써 원치 않는 삶의 방식을 피해 갔습니다. 주체적인 삶을 선택했던 당당한 여인들의 이야기는 많은 사람들을 통해 퍼져 나갔을 것이 분명합니다.

'기인 이야기'에는 미래를 점치고 술수를 부리던 도사로 우리나라에서 널리 알려진 정희량과 전우치의 일화가 담겨 있습니다. 재주가 있으나 세상과 타협하지 못하고 자신의 존재를 숨기며 살아갔던 인물들에 대한 세상 사람들의 관심을 보여 주는 이야기입니다.

정희량은 뱃사공의 앞날을 예언하고, 전우치는 비록 대결에서 패하기는 하지만 온갖 도술로 자신의 능력을 펼치는 신통력을 보여 줍니다. 사실 정희량의 이야기는 중국에 전하는 이야기입니다. 정희량과는 아무런 관련도 없을뿐더러 우리나라의 이야기도 아닌 것이지요. 하지만 중국을 왕래하던 누군가가 재미난 이야기를 듣고 너무나 신기한 생각이 들어 조선으로 돌아와 이야기를 전파하기 시작했을 것입니다. 그러던 중 더욱 현실감을 불어넣고 흥미를 더하고자 정희량이라는 인물을 주인공으로 삼았습니다. 정희량의 유명세에 기대어 마치 실제 이야기인 것처럼 전파되기 시작한 것이지요. 사람들이 얼마나 이야기를 좋아하는지, 국경을 넘어서까지 전파하는 모습에서 야담의 새로운 면모를 발견하게 됩니다.

전우치 이야기는 국립중앙도서관에 소장된 『죽창한화』에만 실려 있습니다. 아마도 후대에 누군가가 첨가한 이야기로 보입니다. 우선은 출전을 『죽창한화』로 소개해 두었습니다. 전우치 이야기는 당시 사람들에게 떠돌던 이야기를 몇 가지 모아서 하나의 작품으로 만든 것으로 생각됩니다. 재미있는 점은 전우치가 도술을 얻게 되는 과정 이후에는 윤군평과 서경덕에게 좌절을 맛보는 주인 공으로 설정되어 있다는 것입니다. 도술로 유명하였던 부분은 인정하고 있지만 전우치에 대해서는 그리 호의적이지 않았던 당시 사람들의 모습도 살짝 느껴집니다. 그래도 이인으로 알려진 전우치의 모습을 하나의 잘 짜인 이야기로 엿보기에는 충분하지 않을까 합니다.

'기이한 이야기'에는 문경관이라는 귀신 부부와 전쟁의 혼란 때문에 동아시아 각지로 이별했던 정씨 부부의 기막힌 이야기를 실었습니다.

조선 시대에는 조상을 극진히 모셔 정성스럽게 제사를 지냈습니다. 제사를 잘 지내는 집안은 조상의 신령이 후손을 보호하고 도와준다고 생각했습니다. 주인공인 문경관 귀신은 성씨로 보아 심씨 양반의 조상은 아니었지만, 그는 자신들을 잘 대접한 심씨 집안을 위해 길하고 흉한 일들을 미리 알려 주곤 했습니다. 문경관 귀신이 심씨 집안을 도와주었지만, 가난한 살림에 점점 후한 접대를 요구하는 귀신이 달가울 리는 없었습니다. 그렇다고 마음대로 쫓아 버릴 수도 없어 고민 끝에 문경관 귀신을 떨쳐 내는 꾀를 내었는데 결국 일이 잘못되어 그의 아내 귀신까지도 대접할 상황이 벌어집니다. 조선 시대의 귀신에 대한 생각을 보여 주는 기이한 이야기입니다.

정씨 부부는 임진왜란과 정유재란이라는 엄청난 전쟁을 온몸으로 겪어야 했던 사람들입니다. 정씨 가족은 부모와 자식이 모두 중국과 일본으로 헤어졌다가 우여곡절 끝에 고향에서 다시 만납니다. 더욱이 중국에서 재회한 부부가 새로 맞이한 중국인 며느리 역시 일찍이 조선에 낙오한 명나라 병사였던 아버지를 조선 땅에서 다시 만나게 됩니다. 『어우야담』에는 부부가 만나고 헤어지는 줄거리만을 간략히 소개했지만, 너무나 충격적인 이야기는 당시 널리 퍼지면서 소설로 발전했습니다. 『최척전』이라는 작품이 그것입니다. 정씨 부부가 최척 부부로 바뀌었지만 전란의 소용돌이에서 겪는 고난과 가족애를 고스란히 느낄 수 있는 작품인 만큼 읽기를 권해 드립니다.

　조선 시대의 흥미롭고 기이한 이야기들이 펼치는 야담의 향연이 즐거우셨나요? 그렇지만 야담에 등장하는 다양한 이야기들과 인물들을 소개하자면 이 책에 가려 뽑은 작품만으로는 충분하지 않습니다. 그래서 별도의 〈부록〉을 마련해 보았습니다. 조수삼趙秀三(1762~1849년)의 『기이記異』라는 작품입니다. 이 작품이 야담은 아닙니다. 원래는 평소 주변에서 보아 왔던 특이한 사람들을 소재로 삼아 지은 한시漢詩입니다. 그런데 재미나게도 작자는 한시만으로는 표현하기 어려운 인물에 대한 배경 설명을 제목 아래 간단하게 기록해 두었습니다. 이렇게 모이다 보니 하나의 짧은 야담처럼 구성되었습니다. 야담에서 흔히 만나게 되는 사람들이 가득 등장하고 있습니다. 이를 통해 여러분들이 야담에 대해 조금이라도 흥미를 가질 수 있었으면 좋겠습니다.